(Photo de la couvertures par Didier BETMALLE.)

ISBN : 979-8572706123

-Première impression décembre 2020- Prix : 9€99

ÉMOIS ET MOIS

★ Recueil de nouvelles ★

Chérie.
2020 c'était l'année des recueils !
Celui-ci est très hétéroclite
aucun lien entre les nouvelles
à part la couverture qui est
censée représenter le tricotage
auquel se livre chaque auteur...
Rendez-vous au marque-page !

LES PÉCEOCIENS COLLECTIF

ÉMOIS ET MOIS

- Recueil de nouvelles -

Association
ABCD
PLURIEL
22 Rue de Lorraine
92300 LEVALLOIS-PERRET
☎ 01 47 56 92 28
Loi de1901

L'ASSOCIATION

L'Association PLURIEL a été créée en 1994 et faisait suite à une alphabétisation existante au centre social Marie-Jeanne BASSOT. À la fermeture définitive de ce centre, un groupe de 5 bénévoles a décidé de continuer cette action indispensable à Levallois-Perret et a déposé des statuts en Préfecture.

L'Association PLURIEL s'est fixé pour but d'aider les femmes immigrées à s'intégrer dans la société française par :

- L'apprentissage de la lecture, de l'écriture et des bases du calcul pour les femmes ayant été peu ou pas scolarisées dans leur pays d'origine.
- L'apprentissage de la langue française pour celles qui ont été scolarisées.
- Pour toutes, les codes de notre société.

Nous avons également souhaité faire de notre petite Association un lieu d'accueil et d'écoute. Sans nous substituer aux services sociaux, nous essayons toujours de diriger les femmes vers la bonne personne :

- Dans les démarches administratives.
- Pour la scolarité de leurs enfants.
- Pour la santé de la famille.
- Pour leurs recherches d'emploi.

Des sorties régulières au musée et au théâtre, préparées en cours et discutées ensuite, participent à l'ouverture à la culture.

Afin de garder le caractère « social », nous étudions toutes les situations difficiles et l'adhésion annuelle qui n'excède pas 65 euros pour 8 heures de cours par semaine peut se résumer à quelques euros symboliques ou à la gratuité.

Nous apportons également un petit soutien moral personnalisé aux femmes en grandes difficultés.

Au fil des années, l'équipe de bénévoles s'est étoffée jusqu'à dépasser la trentaine de formatrices et permettre la mise en place de 6 niveaux d'alphabétisation et 5 niveaux de Français Langue Etrangère.

Yvette BÉ

Présidente

PRÉFACE

À la base :

Créé en juillet 2018, le collectif **Les Péceociens** réunit des autrices et auteurs indépendant•e•s autour d'un projet d'écriture collaboratif. L'objectif est d'autoéditer un recueil de nouvelles, dont les bénéfices sont intégralement reversés à une association. Cette année, nous soutenons **l'Association PLURIEL**, que nous vous proposons de découvrir à la page suivante.

Pour la session 2020 :

Un « mois » a été attribué par tirage au sort à chaque participant•e. Ensuite, à chacun•e le choix de placer son action dans cette période de l'année, de nommer l'un de ses personnages ainsi, ou de citer son thème sous une autre forme.

En ne fixant que cette seule contrainte, nous affirmons la volonté de le composer dans la diversité d'inspirations et d'assumer l'hétéroclisme du résultat final. Ce qui est d'ailleurs souvent reproché aux recueils de nouvelles. C'est pourtant l'assurance, la garantie d'une lecture vivante et excitante !

Vos avantages :

- ✓ Vous avez accompli une bonne action en achetant ce recueil.
- ✓ Vous passez d'agréables moments en lisant des textes très variés.
- ✓ Vous découvrez de nouvelles plumes et, si leur style vous plaît, vous pourrez apporter un peu de diversité à votre bibliothèque.

AVERTISSEMENT (OU SORTE DE…)

Il s'agit de ne pas oublier, pris dans la lecture de ce recueil, que les évènements (réels et/ou fictifs), les lieux (réels et/ou fictifs) et les personnages (réels et/ou fictifs) ont été replacés dans le contexte de nouvelles. Ils n'y existent qu'en tant que fiction.

Et comme il est d'usage de le préciser, toute ressemblance avec des personnages ayant existé, existants, ou des situations ayant eu lieu ne serait donc que pure coïncidence…

★

« Quand le voile de glace emprisonne les cœurs… »

(Nathalie Antien, péceocienne 2020)

Nathalie ANTIEN

Je suis illustratrice, peintre pastelliste et auteure d'albums illustrés jeunesse ainsi que de romans. Je n'écris pas que pour les enfants et les ados. J'écris aussi des thrillers psychologiques et des recueils de nouvelles. En fait, j'adore le principe de la nouvelle ! Je m'emploie toujours à ce que les chutes soient inattendues ! Je m'investis beaucoup dans le dessin et la peinture. J'aime l'Art, la culture, les voyages et j'ai longtemps participé à des actions humanitaires. Je consacre ma vie aux enfants depuis longtemps puisque je suis professeure.

Mon roman *La source des elfes* vient de paraître et mes petits albums se multiplient pour le plaisir de mes jeunes lecteurs !

Retrouvez-moi dans...

- « La source des elfes » - 2020, Imaginaire jeunesse, Éditions La P'tite Tartine

- « Le secret du sang », 2019, Thriller psychologique, Éditions Ethen

- « Midi moins n'œuf », 2019, Recueil de nouvelles, Éditions NDB

www.nathalie-antien.fr / Sur Facebook : Nathalie Antien

Nouvelle de Nathalie ANTIEN

LES ÉTOILES DE GLACE

Aux confins du désert, par-delà les vallées obscures, surplombant de ses arêtes aiguisées une campagne hostile, se dressait un édifice lugubre et terrifiant, lieu de résidence du roi Nirva. La légende racontait qu'en des temps ancestraux, Janus, dieu des portes et des passages entre l'au-delà et le monde des vivants, aurait condamné le royaume de Nirva à une souffrance sans fin, le privant des éléments essentiels à la survie de son peuple. Janus fit disparaître la pluie, le vent et la neige, si bien qu'une chaleur sèche insoutenable les remplaça. L'air devint totalement irrespirable. L'atmosphère ne fut bientôt plus que poussière.

Le roi Nirva ne put se rebeller car Janus ne s'était pas contenté d'étendre sa malédiction à tout son peuple. Il avait aussi proféré des propos déchirants et maudits à l'égard de sa fille cadette Alizée. Depuis lors, celle-ci se terrait dans sa chambre comme un animal apeuré, refusant de se nourrir, dédaignant l'aide d'autrui et surtout terrifiée à la moindre intrusion dans son lieu de replis. Pire encore, la peau de la jeune fille était glacée, son visage translucide et inerte et ses membres rigides. Janus l'avait figée dans une sorte de léthargie glaciale. Son corps ne répondait à aucune émotion. Seul son cœur emprisonné dans cet étau de glace continuait de battre. Mais pour combien de temps ?

Le désespoir du souverain s'accrut de jour en jour. Son

épouse l'avait quitté pour rejoindre son frère qui résidait de l'autre côté de la montagne maudite, là où le vent soufflait encore et où la pluie faisait pousser les récoltes. Elle sacrifiait égoïstement sa fille cadette, préférant préserver son fils et son autre fille du maléfice. Le roi Nirva se sentait de plus en plus seul. Nul ne pouvant lui venir en aide, il n'eut d'autre choix que d'attendre. La malédiction allait forcément prendre fin. Il lui suffisait de prendre son mal en patience.

Seulement il tardait au roi de pouvoir retrouver sa fille cadette perdue, prisonnière de son propre corps réfrigéré. Il voulait aussi de nouveau régner sur son royaume, en paix avec lui-même et ses sujets. Pour l'heure, cela lui était impossible. Son impatience grandissant, il devint aigri et ne supporta que peu de choses. Il finit par s'enfermer dans sa chambre et, tout comme Alizée, mua peu à peu en un être de chair et de glace, dont seul le cœur battait au fond de ses entrailles.

Le temps s'écoula lentement, pareil à un sablier réfractaire à l'avenir et regrettant le passé. Il s'annihila doucement pour ne plus exister, emportant les êtres vivants dans ses méandres et anéantissant la vie. Figé dans un espace atemporel, le royaume du roi prit des allures de tombe à ciel ouvert, au sein de laquelle des âmes perdues en quête d'espoir erraient nuit et jour. Le roi Nirva n'était plus.

Son royaume sombra, lui demeurant fidèle à tout jamais. Alors que tout semblait perdu pour toujours, un évènement incroyable survint. Un bruissement imperceptible fit frémir tous les sujets du royaume tandis que les branches fantomatiques de la forêt assoupie qui encerclait le château s'ouvrirent pour laisser le passage à un personnage des plus étranges. Sous ses allures de petit bûcheron barbu, le nouveau venu ressemblait fort à une sorte de gnome. Son nez aquilin et ses oreilles pointues l'assimilaient à un malicieux goblin. Vêtu d'habits rouges d'une époque révolue, il portait dignement un très long manteau blanc qui le suivait pareil à une traîne de mariée. Il était coiffé d'un chapeau blanc à larges bords qui dissimulait une partie de ses yeux, rendant le mystère de son apparition encore plus obscur. Chaussé d'une paire de bottes fourrées d'un rouge vif, le petit bonhomme semblait parfaitement savoir dans quelle direction se diriger.

Captifs de leur enveloppe de glace, le roi Nirva et ses sujets ne purent que se contenter d'être témoins passifs de la scène. Même si les cœurs frémirent sous la couche gelée, nul n'osa esquisser un seul geste ou ne put le faire. Le petit bonhomme marcha d'un pas assuré en direction de la chambre du roi dont les portes étaient largement ouvertes. De là où il se trouvait, le souverain put contempler la lente progression du lutin atypique qui violait son intimité de souverain en osant pénétrer de plein droit dans sa chambre royale. Partout dans le château, les sujets statufiés durent se résoudre à accepter cette intrusion sans broncher. Les silhouettes dramatiques observaient la scène dans un silence funeste. Aux aguets, chacun attendait de voir ce qui allait se passer. Le petit bonhomme venait d'entrer.

Le roi Nirva eut toutes les peines du monde à réprimer un sourire en apercevant ce petit homme ventru habillé comme un père Noël qui venait de faire irruption dans sa chambre. En dépit de son autorité incontestable, le roi constata que le bonhomme affichait une grande détermination malgré sa petite taille. Son nez aquilin donnait l'impression que tout son visage était une gigantesque farce. En même temps, le roi ne pouvait nier qu'il en imposait malgré sa stature et l'envie de le provoquer ne lui vint même pas à l'esprit. Le roi décida d'être sage et mesuré. Cloisonné dans son enveloppe corporelle, il ne pouvait qu'obtempérer. Étendu sur son lit, le souverain attendit. L'autre s'approcha d'un pas lent et contourna la couche royale. Parvenu à sa hauteur, le lutin se haussa légèrement sur ses talons afin de pouvoir mieux être vu. Le roi Nirva se fit la réflexion qu'il était manifestement très petit. L'autre parut lire dans ses pensées et haussa les épaules, comme si la taille ne faisait pas la grandeur de l'individu. Le roi ne put qu'acquiescer mentalement, lui-même ne figurant pas parmi les plus grands de ce monde.

— Je suis l'avenir, mon roi !

La voix nasillarde du petit bonhomme le surprit. Sa déférence et son respect l'étonnèrent davantage. Il aurait voulu le questionner mais c'était chose impossible. L'autre répondit à cette question muette qui lui brûlait les lèvres malgré la glace.

— Qui je suis n'a aucune importance. Ce qui compte c'est pourquoi je suis ici !

Le ton éloquent et ferme du bonhomme fut sans appel. Quand bien même le roi eut pu parler, il n'aurait dit mot. Le roi le fixa de ses yeux humides et froids. Le bonhomme lui rendit son regard et le souverain eut la désagréable sensation qu'il rentrait dans sa tête.

Lorsque le lutin s'immisça dans son esprit, le roi Nirva ressentit une souffrance incommensurable. Une fois le cap de la torture extrême franchi, la brûlure qu'il ressentait dans tout son corps malgré l'enveloppe de glace s'estompa et fit place à une étrange fraîcheur. Scrutant le regard du petit homme, le souverain tenta d'y déceler la clé du mystère. Seulement, il fut incapable d'y lire quoi que ce soit. Le visage du lutin était impénétrable. Alors qu'il relâchait inconsciemment tous les muscles de son corps tendu comme un arc, le roi fut brusquement assailli d'images au sein desquelles le doux visage de sa fille cadette apparaissait. Il la vit évoluer pareille à une gigantesque méduse de mer, laissant flotter derrière elle une traîne étincelante. Sa fille lui sourit tandis qu'elle se positionnait à sa hauteur et posa délicatement un doigt sur les lèvres du souverain qui en tressaillit. De près, c'est à peine s'il la reconnut. Son visage d'enfant puéril avait acquis la maturité éclatante d'une femme. Sentant sa détresse, le bonhomme le rassura aussitôt.

— Rassurez-vous mon roi ! Je suis l'avenir... murmura-t-il dans un souffle.

Le roi Nirva battit des paupières en guise de réponse. Son

incompréhension ne faisait aucun doute. Le lutin s'éloigna de la couche royale et leva les bras comme pour s'adresser à la foule. Sauf que le roi était bien son seul auditoire, toujours alité et immobile.

— Je suis Janvier ! annonça-t-il solennellement. Je suis le bonhomme Janvier.

Le lutin se tut un instant puis reprit.

— Je suis connu pour ma bienveillance à l'égard des enfants, crut-il bon d'ajouter.

Le roi Nirva, en dépit de l'étau de glace qui le retenait encore, ressentit un vif soulagement, comprenant que ce petit homme était là pour sauver sa fille et sans doute l'aider à retrouver son royaume.

Au même moment, le bonhomme Janvier leva ses bras puissants vers le ciel, déployant sa cape immaculée tout autour de lui. Il se détourna du chevet du souverain et quitta la chambre. Il franchit alors les portes que le dieu Janus avait fermées afin d'empêcher la pluie, le vent et la neige de pénétrer dans le royaume. D'un geste prompt, il fit disparaître la poussière qui étouffait chaque recoin du château. Peu à peu, la chaleur extrême se dissipa et la glace qui enfermait les corps fondit miraculeusement. Il referma les portes une à une afin que le maléfice soit définitivement repoussé. La malédiction proférée par Janus, dieu des portes et des passages entre l'au-delà et le monde des vivants, venait d'être rompue.

Un froissement de tissus dans le couloir et une toux discrète alerta le roi Nirva qui, sortant de sa torpeur, se redressa sur son séant et aperçut avec bonheur sa fille cadette qui marchait en titubant dans sa direction. Lentement, recouvrant ses forces peu à peu, le souverain alla à sa rencontre et la prit dans ses bras. Le bonhomme Janvier profita de cet instant pour s'évanouir discrètement. Il ne revint jamais et nul ne reparla plus de cette malédiction terrible de peur qu'elle ne frappe de nouveau le royaume de Nirva.

Dans le lointain, des sanglots mêlés de joie s'unirent à la clameur nocturne qui montait crescendo, absorbant le silence ambiant chargé d'émotion. Dans le flou de la brume éclairée timidement par la lune, des bras applaudirent avec frénésie, rendant un hommage sincère aux prodiges de la scène. Un lourd rideau pourpre venait de faire disparaître les acteurs d'un drame hors du temps. Puis, sous des tonnerres d'applaudissements, leurs silhouettes réapparurent tels des spectres s'agitant et se courbant pour plaire à la foule en liesse. Dans toute sa splendeur, le bonhomme Janvier était à son paroxysme, irradiant la salle de sa satisfaction non dissimulée. Alors que le rideau tombait une derrière fois, les fantômes de la nuit remontèrent l'allée centrale pour se diriger vers la sortie du théâtre, comblés et avides tout à la fois.

Le garçon soupira et referma son livre lentement d'un air rêveur. Alors qu'il regardait par la fenêtre, il fut surpris de voir quelques flocons s'éparpiller et tournoyer dans l'air, pareils à des étoiles de glace. Se hissant sur la pointe des pieds, il tenta d'apercevoir le paysage en contrebas. La campagne était recouverte d'un long manteau blanc immaculé.

« Un solitaire, une chanson
et le douloureux bonheur d'avoir aimé »

(Didier BETMALLE, péceocien 2020)

Didier BETMALLE

La littérature est un univers d'infinies richesses. Je lis et relis beaucoup. La poésie représente une part importante dans mes lectures. Je suis retraité et passionné d'écriture. J'ai toujours pris beaucoup de plaisir à construire des fictions, à créer des personnages, en cherchant à rivaliser d'authenticité avec la vie. Photographe et cinéaste de formation, concepteur d'audiovisuels pour la communication d'entreprise, j'aime associer les techniques des différents modes d'expression visuelle à la pratique de l'écriture. Je suis naturellement porté à écrire des nouvelles, mais j'aime relever le défi du roman.

Retrouvez-moi dans...

• « Sois sincère », 2016, Recueil de nouvelles

• « La table des reliefs », une enquête du commissaire Alceste Proust, 2017, Polar

• « L'écharde », 2019, Autofiction

https://clapincasse.blogspot.com

Sur Facebook : Didier Betmalle

Nouvelle de Didier Betmalle

CHANSON DU SOIR

J'ai trop souvent cherché dans le ciel

L'étoile qui brille dans ton cœur

Ouch ! Le Félix l'avait pris dans l'estomac ce petit bout de chanson.

Ça l'avait choppé alors qu'il passait au bar-tabac, un soir comme un autre, prendre son paquet de feuilles à chiquer. Sauf qu'au juke-box il y avait cette chanson qui lançait ses grappins, draguant dans le cœur des passants. Elle avait trouvé un bon filon avec lui, semblait-il. Elle l'avait tiré par les oreilles jusqu'au comptoir où il avait commandé un jus, histoire de l'écouter jusqu'au bout.

Ça lui fichait des frissons à chaque refrain :

Qui a bu toujours boira

à la source de l'amour

La voix du mec c'était comme un vieux pote bûcheron qui vous ouvre les bras. Tout en muscle et tendresse. Sa zique était chouette, genre reggae, et Félix était chaviré par l'amitié qui rayonnait du tout. Par la compréhension. Comme si, connaissant son histoire, cet inconnu la lui racontait à sa manière, pour dire « mon frère, reste pas tout seul, je pige ta douleur » !

Enfin, "douleur" ! C'était pas si simple. Faudrait raconter... Y avait pas eu que du malheur.

D'abord parce que le temps qu'elle était restée à la ferme, tout fut transformé, embelli, simplement par sa présence, son regard, ses cheveux, sa peau, sa démarche, sa voix, son rire. À la seconde où elle était apparue, le miracle s'était produit.

Et même avant, pour être franc. Dès la première fois qu'elle avait traversé son champ de vision. Dès leur rencontre à l'agence, organisée par Virginie, la directrice ; puis une sortie touristique en petit groupe, toujours sous la bannière de Virginie ; il n'avait pas vu grand-chose du château, des tentures et des tableaux, des vaisselles fines et des dorures ; elle effaçait tout ça par son allure, sa présence, son sourire radieux ; ils s'étaient revus en dehors quelque temps après ; leurs premières impressions favorables partagées et confirmées, ils prirent ensemble l'initiative d'un test grandeur nature, d'une durée indéfinie, à la ferme, chez lui.

Ce jour où il l'avait accueillie, il s'était laissé envahir par l'inconfort de la situation. Silencieux jusqu'au soir, inquiet de ne pas trouver les mots le moment venu, s'occupant dans la cour à nettoyer ses outils qu'il avait déjà décrottés la veille, désherbant les massifs surpris de tant de soins inhabituels, graissant les gonds des volets bien huilés, paillant de frais les litières propres du matin, déplaçant les fagots de rames d'un mur à l'autre de la grange, conscient et colère de se voir ramper ainsi dans les coins, comme un nuisible, à dilapider son temps ! Et puis elle l'avait appelé pour le dîner. Elle aussi de son côté, sitôt installée, s'étant mise à la cuisine pour calmer ses appréhensions, prenant ses marques au milieu de ce territoire inconnu, ces placards malcommodes, cette cuisinière à bois au front hostile…

À table, elle avait parlé la première, si simplement et sincèrement de la gêne qu'elle éprouvait… mais où se mêlaient tant de curiosité et de sympathie, qu'alors tout avait été facile ensuite, comme écrit d'avance.

Le Félix avait parlé comme jamais au grand jamais il aurait cru possible de parler un jour :

— J'ai trop souvent cherché dans le ciel à prévoir le temps qu'il fera. Pour toutes choses, quotidiennement. À force, je suis devenu une sorte d'animal qui déplie ses antennes avant d'entreprendre quoi que ce soit. Sans même m'en rendre compte.

— C'est que tu es parfaitement accordé à ton univers, d'une manière instinctive. Tu en prends le pouls et en une fraction de seconde tu te mets à son diapason.

Elle avait comme ça des expressions merveilleuses, qu'il connaissait bien sûr, qu'il avait lues ou entendues. Mais l'entendre les dire pour lui, l'entendre émettre ces sons-là exactement, si musicaux, si gentils, à son intention, ça le ravissait.

— J'admire ta façon d'être entièrement à ce que tu fais, continua-t-elle, à regarder droit devant toi. Moi j'ai le torticolis à force de regarder tout le temps en arrière et de côté, avant d'oser faire un pas. Je me dis parfois que je ferais mieux d'aller franchement à reculons.

— Et alors, c'est ce chemin hésitant et à rebrousse-poil qui t'a amenée à l'agence ?

— Oui, oui. C'est bizarre... mais le fait de manquer d'horizon ne m'empêche pas de vouloir aller de l'avant. Et quand je t'ai rencontré, j'ai tout de suite pensé que tu pourrais m'y aider.

Ouch ! Elle disait ça avec sa voix tendue comme une main confiante, qui ne tremble pas, qui demande sans façon à être saisie et serrée étroitement. Félix n'eut d'autre réaction que son émoi muet.

— Mon problème est que ma vue est bouchée par une sorte de brouillard que je n'ai jamais réussi à dissiper, reprit-elle.

— Pourtant, depuis que je te connais, j'ai le sentiment que tu sais drôlement bien où tu vas.

— Je comprends que tu puisses le croire, mais en fait c'est ce nuage opaque devant moi qui m'entraîne. Tout en m'empêchant de voir plus loin que le bout de mon nez.

— Je devine assez bien ce que tu attends de moi dans ces conditions…

— Oui, quelque chose comme m'aider à traverser ce nuage et avancer enfin dans une vraie direction, une qui mène quelque part.

— Dans un endroit comme une clairière.

À ces mots, Félix eut la vision d'une biche qu'on surprend, comme ça, au détour d'une sente noyée dans la brume, au petit jour.

Pendant une semaine tout avait été suspendu à elle, à ses moindres gestes, moindres frissons, moindres changements de coloration de peau.

Même les bêtes se comportaient autrement que d'habitude. La basse-cour était comme sidérée, les poules picoraient au ralenti, avec une classe folle, comme si elles triaient des perles fines, le coq, intimidé, ravalait son chant et ne savait plus où ranger sa crête cramoisie, les vaches restaient au bord du champ, broutant un maigre herbage pour garder un œil sur la cour au cas où elle passerait, les chèvres, jalouses, complotaient une rébellion, mais n'osaient rien, seul l'âne Février gardait son indifférence habituelle de gourou sceptique.

Elle était immédiatement tombée amoureuse de Février.

Pourtant une chose la désolait à son propos, un aspect de lui qu'elle aurait voulu changer afin de le rendre en tous points adorable. Selon ses goûts en matière d'esthétique et surtout de propreté. Elle en exprima aussitôt le projet à Félix qui s'y opposa farouchement. C'était là un point non négociable. Il n'en fut plus question. Du moins cessa-t-elle d'en parler.

Elle, elle et toute cette mise en suspension des choses qu'elle provoquait, bouleversait le monde de Félix. Il était à son travail sans y être, avec cependant le sentiment de n'avoir jamais senti aussi profondément les choses, jamais d'aussi près, avec autant de vérité et de lucidité. Tout ce qu'il entreprenait avait un sens différent, comme s'il ne le faisait plus pour lui, mais pour en faire don.

Le voilà qui conduisait Février en tenant la bride courte pour mieux sentir le souffle de l'animal lui réchauffer les doigts. Il éprouvait vis-à-vis de l'âne quelque chose de plus que cette complicité reconnaissante qui naissait du labeur exécuté ensemble. Une sorte d'affection épaisse, voluptueuse lui venait. Une fraternité.

Il y avait une brume poisseuse ce matin. Le sentier s'y engloutissait moins de six pas devant. Félix marchait collé au flanc de Février. Ils étaient épaule contre garrot. Il était tôt. Le bruit de leurs pas sonnait mat. De temps en temps, Février ronchonnait en faisant battre l'air dans ses naseaux. Ce bruit-là tentait bien de traverser la couche cotonneuse de l'atmosphère, mais s'y étouffait aussitôt. C'était comme si la montagne avait perdu sa troisième dimension. Comme si le monde s'était rabattu face contre face le long de la ligne médiane du sentier. Tel un dessin plié. Félix éprouvait de la tristesse et de l'excitation tout à la fois en s'imaginant piégé dans la charnière de cette feuille immense. Il avait envie de se perdre dans l'ivresse du travail, d'y mettre toutes ses forces jusqu'à l'épuisement. Pour rouvrir le monde à la mesure de son bonheur.

Il avait toujours été impatient, mais aujourd'hui c'était une sorte de fièvre qui le saisissait. Il aurait voulu être sur place, déjà en train de nouer la chaîne autour d'un tronc proprement ébranché et élagué, et lancer, d'un cri énergique, l'élan de Février, lancer sa machinerie de bête à l'assaut de la pente, voir ses jarrets vibrer sous le choc de la charge, voir ses antérieurs s'arc-bouter sur le sol pierreux, Hu ! Hu, Hu là ! Il pressait le pas en s'y voyant déjà. Nerveusement ses doigts serraient la bride, frémissant comme des bêtes au travail.

Au huitième jour, il trouva la place vide dans le lit à ses côtés. Et puis il trouva un mot d'adieu très court posé à côté de la cafetière. Il sortit pour vérifier que l'air pouvait encore entrer dans ses poumons. Il s'approcha de Février dont la silhouette avait quelque chose de bizarre et il put constater la trahison annoncée. Elle lui avait coupé ses dreadlocks. Cet acte rédhibitoire mettait fin à leur test. Elle l'assumait. Et regrettait. Elle savait qu'elle ne pourrait pas faire autrement que de changer certaines choses dans sa vie…

J'ai trop souvent cherché dans le ciel. J'en ai le cou cassé. Les yeux brûlés. C'est une souffrance de tenir ma tête droite, de regarder droit devant moi. Une souffrance inutile puisque de toutes les façons je ne vois plus rien maintenant. Cela ne m'empêche pas de vaquer à mes affaires, heureusement. Je connais par cœur ma ferme, mes chemins, mes champs et mes enclos. Et la plupart du temps, je ne rencontre personne dans cette campagne. Je laisse aller ma tête en arrière. Je ne fais l'effort douloureux de la relever, pour la tenir droite, que lorsque je rencontre du monde, un voisin, de la famille lointaine en visite ou quand je dois me rendre en ville pour traiter des affaires le nécessitant.

L'étoile qui brille dans ton cœur ne bat pas assez fort, ou trop peu souvent, et je ne l'ai plus jamais entendue depuis ton départ. La nuit n'est pas plus silencieuse que le jour par ici, au contraire, et il aurait fallu qu'elle émette un cri étrange et puissant ton étoile, qu'elle stridule comme cent grillons, pour que j'aie une chance de percevoir son chant.

Nous avons pourtant fait l'effort d'être attentifs l'un à l'autre, d'ouvrir les frontières de nos espaces intimes que désormais nous sommes seuls à parcourir, deux déserts étrangers, irrigués maigrement au goutte-à-goutte des souvenirs.

Portant à ses lèvres son café froid, Félix tremblait. La voix éraillée du chanteur lui arrachait des larmes d'amour passé, avec ce coup d'éperon final :

Briser le cercle des vieilles lois

Et ne plus rester immobile[1].

---

[1] Extraits de *Qui a bu*… chanson de Bill Deraime

★

« Mars. Comment la planète rouge m'a guéri d'un eczéma tenace. »

(Jo FREHEL, péceocienne 2020)

Jo FREHEL

J'écris des romans qu'il me plaît de qualifier « d'évasion ». Les contrées que je suis amenée à fréquenter, l'esprit des lieux, les histoires que j'y entends, sont mes sources d'inspiration. Les héros et héroïnes – qui sont souvent des anti-héros – mènent la danse, ce sont eux qui bâtissent l'histoire sans trop me demander mon avis. Êtres simples ou blessés, ils vont forcer leur nature et reprendre leur vie en main. Il y a de moi dans chacun d'eux. J'espère que vous les aimerez.

Retrouvez-moi dans...

• « La femme de destin », dans l'Afrique des féticheurs, 2015, Aventures/initiatique

• « Terra Australis », Aborigènes, premières rencontres, 2017, Aventures/historique

• « La route de Batavia », sur le chemin des Grandes Indes, 2018, Aventures/historique

http://leromandaventures.over-blog.com/

Nouvelle de Jo FREHEL

MARS EN POISSONS

Après deux heures de marche, au-dessus d'une vallée noyée d'ombre, une petite chapelle nous apparaît, toute blanche, toute pure. Et mon sac à dos devient soudain plus pesant, chargé de tous mes mensonges. Tout en cheminant je me remémore l'enchaînement affligeant des faits.

L'affaire commence après les fêtes de fin d'année. Nathalie, ma chérie, est en rogne parce que je n'ai pas été présent durant ses congés à cause de mon travail. Nathalie aime que les choses soient en ordre, et l'ordre veut que Noël se passe en famille, la sienne de préférence, et le Nouvel An avec des paillettes, du champagne et des potes. Mais moi, justement, c'est entre le 24 décembre et le 2 janvier que je donne le meilleur de moi-même, que les chansons et les sketchs que j'ai fait répéter au groupe de théâtre voient leur aboutissement pour le spectacle du Nouvel An.

Je suis saltimbanque, chanteur, comédien, clown, selon les besoins. J'anime les anniversaires d'enfants, les hypermarchés, les départs en retraites, les fêtes de toutes sortes, mais surtout les Ehpad. Là, je sais allumer les yeux éteints, éclairer les visages, faire danser les déambulateurs, je suis le grand stimulateur et j'adore mon boulot !

C'est pour ça que Nat a passé sa semaine de congé comme une célibataire avec ses copines et la Saint-Valentin chez son frère et sa belle-sœur, et aussi sa maman, une femme qui a le don : elle lit dans le marc de café et parle aux étoiles.

Donc, ce soir-là, on est début janvier. Je rentre du boulot assez fatigué, parce que c'est la période où le virus chinois commence à faire des siennes à l'Ehpad. Je vois Nat affairée à la cuisine ce qui est inhabituel, parce que c'est un lieu qu'elle déserte le plus souvent. En fait, elle est juste en train d'éventrer un paquet de Petits Lu, signe d'énervement. Je lui pose un baiser dans le cou et demande :

— Tu ne regardes pas *Les reines du shopping*, aujourd'hui ?

Elle maugrée quelque chose que je ne comprends pas.

— Tout va bien, chérie ?

Elle se tourne vers moi, fronce son petit nez ravissant :

— Va prendre ta douche, tu sens le vieillard grabataire et après, faut qu'on parle !

Je m'éloigne comme un chien qui vient de prendre un coup de pied parce qu'il louche sur le rôti. Je suis un être très arrangeant, je n'aime pas l'affrontement. Mais tout de même ! Tandis que l'eau ruisselle sur mon corps fourbu, je me pose la question d'une possible rébellion, voire d'une rupture. Mais tout cela demande de l'énergie, une détermination, une fermeté qui n'est pas mon style. Maman répète souvent avec fierté :

— Mon fils est flexible, il s'accommode de tout.

Ma belle-mère, qui s'adonne aux sciences occultes, dit, elle, que c'est mon côté Poissons ascendant Balance :

— Kévin est un menteur bienveillant.

Et elle intime à sa fille de bien me surveiller. Quant à beau-papa, c'est un type qui a réussi, il est grossiste en produits capillaires. La villa que nous habitons lui appartient. C'est un self-made-man qui regarde de haut le bateleur que je suis.

Certains penseront que je n'ai pas d'amour-propre. Ce n'est pas faux. En fait, je m'arrange de tout cela parce que la maison est confortable et que ma chérie a plein de qualités dont les moindres ne sont pas sa chute de reins et la possession d'un cabriolet Citroën DS3. Nathalie fait du mannequinat, un emploi aléatoire aux gains incertains. Mais tout le monde trouve ça normal puisque c'est à moi de faire bouillir la marmite.

Ce soir, je ne comprends pas sa mauvaise humeur. Je ne l'ai pas contrariée le moins du monde. Je suis même allé, malgré ma réticence, voir un dermato, pour une bricole, à une heure qui ne m'arrangeait pas du tout. « Grosse crise d'urticaire, sans gravité aucune », a déclaré le toubib. J'enduis soigneusement ma peau de ma lotion anti-démangeaison. Tandis que je surveille le temps de pause, je cherche à anticiper la teneur de ma conversation avec Nat, me sachant incapable d'aller contre ces désirs. Elle va probablement me soumettre quelque dépense soudainement indispensable, comme refaire la cuisine comme celle de sa belle-sœur, ou bien acheter le dressing vu à la télé devant lequel elle s'est pâmée avec ostentation. Et moi, je vais sortir les relevés bancaires et lui mettre sous le nez notre découvert abyssal, ce sur quoi elle va me reprocher mes boulots de pauvre.

Mes cogitations sont brutalement interrompues par sa voix haute perchée, signe d'irritation :

— Kevin, t'as bientôt fini ?

Je me sèche sommairement et me hâte, venant à elle tout sourire, mon peignoir de bain ouvert sur mon torse encore humide, espérant l'engager dans un autre registre. Mais tandis que je l'enlace tendrement, elle écarte d'un doigt mon drapé et fronce ses beaux sourcils redessinés :

— Toi, tu t'es encore gratté !

— Oui, Chérie, je l'avoue, mais ce n'est pas grave, glissé-je de ma voix la plus suave.

— Peut-être, mais c'est un peu dégoûtant tous ces boutons, pense un peu à moi quand même ! Est-ce que tu mets bien ta lotion, au moins ?

— Oui Nat, je fais tout bien comme le docteur a dit !

Elle soupire :

— Bon, mais c'est pas de ça que je veux te parler.

— Chérie, plus tard. Là, j'ai besoin de tendresse !

Elle se laisse un peu caresser, pousse deux trois soupirs et, pendant quelques secondes, je crois que c'est gagné, mais elle se ressaisit :

— Kévin, ton boulot, c'est plus possible ! J'ai parlé à papa de notre situation. Il a besoin de quelqu'un dans sa boîte, c'est bien payé, t'auras une voiture de fonction et puis...

— Ma Natounette, on en a parlé cent fois. J'aime mon travail. T'as même pas idée des choses magnifiques que je fais ! Un jour je te montrerai !

Elle prend une ample inspiration qu'elle rejette bruyamment pour montrer son immense contrariété :

— Kévin, regarde-moi ! De quoi j'ai l'air ?

Elle porte une robe de jersey moulante qui dévoile une épaule ronde et bronzée par la grâce de la cabine d'esthétique de sa copine Marion. J'y dépose un baiser léger.

— T'es canon, Chérie !

Mais elle en a gros sur la patate. Son front se gâche d'une ride profonde et son teint rosit exagérément :

— Tu te fiches de moi ? On dirait une nécessiteuse ! Je ne suis pas allée chez la manucure depuis un mois, t'as vu mes ongles ? Et mes fringues, date de péremption dépassée ! Mon physique, c'est mon capital ! Quand je vois comment vivent Romain et Agnès, nous, à côté, c'est les Misérables ! Et puis ton boulot, faire le clown pour des vieux ! J'ose même pas dire aux copines ce que tu fais. Je mens, j'ai honte, je dis que t'es infirmier !

Une larme perle, teintée d'un peu de rimmel. Je suis dans le désarroi. Elle la tamponne avec sa manche et poursuit :

— Bon, bref, papa va venir pour te parler de ce poste ! Je te conjure d'accepter ! Et arrête de te gratter quand je te parle ! Tu ne peux pas savoir comme ça m'énerve ! On dirait que ça ne t'intéresse pas ! Mais où est-ce que tu as attrapé cette saleté ?

— Mais nulle part, c'est juste un peu d'urticaire.

— Fais voir !

Elle me dépouille d'autorité. Je tente à nouveau d'érotiser, mais elle m'inspecte façon entomologiste, touche mes boursouflures le long de mes bras et sur mon ventre, et prend une mine écœurée.

— Mais c'est hideux !

Le lendemain, beau-papa, Germain, est à la maison, elle n'est pas là et c'est tant mieux. Je lui offre une bière et nous allons sur le balcon. Je n'ai pas envie de lui faire face, il a un regard dominateur qui me paralyse. C'est là qu'il me propose généreusement un poste de représentant rémunéré à la commission.

— Il est temps que vous vous y mettiez mon petit Kevin, si vous voulez que ça dure avec ma fille ! Elle a grandi dans le confort. Je ne veux pas vous doter avant que vous n'ayez fait vos preuves, vous le comprenez ? C'est pourquoi je vous propose de commencer en bas de l'échelle. Comme ça, vous connaîtrez tout de ce métier et, qui sait, peut-être un jour, reprendrez-vous l'affaire !

Cette plongée dans un futur calamiteux me déprime. Je me sens fait comme un rat. Je l'écoute sans rien dire, en me grattant furieusement. À un moment, il demande :

— Qu'est-ce qui vous arrive donc ?

— Rien de grave, une allergie.

Rassuré, il commence à me malaxer l'épaule comme si ce contact pouvait me communiquer un peu d'allant :

— Vous savez Kevin, nous avons une clientèle très féminine, vous êtes joli garçon, ça compte ! Et vous êtes un homme de contact, je suis sûr que vous y prendrez goût !

J'atermoie mollement, comme je sais le faire, en me grattant la tête. Je sens que ça l'énerve. À bout de patience, il pose la question redoutée :

— Alors, soyez franc, qu'est-ce que vous en dites ?

C'est alors que l'idée fatidique me vient. Je réponds en découvrant mes bras lacérés :

— Vous voyez, Germain, ce truc que j'ai... Je n'ai rien dit à Nat, mais c'est sérieux, c'est évolutif. Bientôt ça touchera les articulations et j'aurai du mal à bouger. Et ensuite... Je ne vous fais pas un dessin ! Alors, je vous suis très reconnaissant de cette offre, mais là, je ne sais que vous répondre. Bien sûr, Germain, Nathalie ne doit rien savoir ! Pas un mot à quiconque !

J'invente un nom de maladie, un mot compliqué qui finit en – ite. Il est effaré et compatissant. Après s'être assuré que ce n'était pas contagieux, il me tape dans le dos affectueusement :

— Mon pauvre Kévin, ça m'en fout un coup… On est peu de chose, hein ?

J'ai l'impression qu'il me voit déjà mort. Il part sans me reparler du poste. À Nat je dis que je suis OK et que j'attends la proposition définitive. La vie continue. Mes vieux tombent malades, j'ai d'autres soucis ! Je cesse d'y penser. Nathalie, elle, sombre dans une espèce de déprime, une sensibilité larmoyante qui m'est encore plus pénible que ses sautes d'humeur. Je mets cela sur le compte du virus chinois.

Je me trompe !

Le premier dimanche de mars, belle-maman, Simone, vient déjeuner à la maison. C'est mon anniversaire. Nat m'a offert la dernière extension de World of Warcraft, elle qui, habituellement, limite drastiquement mes temps de jeu. J'ai trouvé cela étrange, néanmoins j'ai hâte de m'y plonger. Mais au dessert, belle-maman, jetant un coup d'œil entendu à sa fille, sort son cadeau. C'est une plaque de cuivre gravé d'une sorte de cadran avec des signes bizarres tout autour. Je le regarde à la manière d'une poule qui aurait trouvé un couteau. À tout hasard, je déclare :

— C'est beau.

— Étrange, n'est-ce pas ? s'exclame alors Simone, riant de mon ignorance. Mon petit Kevin, toute votre vie est là-dedans ! C'est votre thème astral !

Je remercie chaleureusement, pensant m'en tirer à bon compte. Mais tandis que Nat est à la cuisine à préparer le café, belle-maman approche son siège du mien, pose une main affectueuse sur la mienne et murmure gravement :

— Mon cher petit, Germain, mon ex-mari, nous a tout dit ! Mais nous sommes avec vous, nous allons vous aider !

Simone a la larme à l'œil. Mon bluff me revient d'un coup.

— Et les astres aussi ! Écoutez-moi bien : vous allez bientôt avoir une période très très favorable : Mars entre dans votre signe ! C'est très important ! Mars est un guerrier, il vous apportera la force qui manque à votre malheureux « Poissons », pardonnez-moi, glissant comme une anguille ! Et le 5, vous avez un alignement de planètes ex-tra-or – di-naire ! C'est ce jour-là qu'il faudra agir !

— Agir ? Mais pourquoi ? Que voulez-vous dire ?

— Agir contre votre mal, bien sûr !

J'essaie de minimiser, mais elle branle du chef d'un air apitoyé, déclarant que je sais très bien mentir puisque je suis Poissons ascendant Balance.

— Faites-moi confiance, j'ai donné mes directives à Nathalie, cela fait partie de mon cadeau d'anniversaire ! Faites-le, c'est très important ! Vous me promettez ?

Je retire ma main et la gratte si fort que je me fais saigner.

— Mais que devrais-je faire ?

— Une sorte de pèlerinage, un lieu celtique, quelques rituels et vous guérirez !

Tout cela devient ridicule. Je tente de résister.

— Allons, Kevin, ne faites pas l'enfant ! Promettez-moi !

Je promets. Après tout, je suis comédien !

Et voilà comment je me retrouve, quelques jours plus tard, marchant vers Saint-Martin-de-Galéjas, qui comme son nom l'indique guérit les gales. Sans cette comédie absurde, la rando serait bien agréable en cette jolie fin d'hiver.

— Tu sens les vibrations ? Me demande Nathalie toutes les cinq minutes, c'est tellurique !

Je ne sens rien, mais j'acquiesce. Tellurique est un mot qu'elle a appris récemment et dont elle use sans retenue.

— Attends-moi, je vais chercher la clé de la source.

— La source ?

— En dessous de l'église, la source miraculeuse. Il faut prendre la clé dans la bergerie.

Une source miraculeuse ? En plus de l'alignement des planètes et du saint ? De mieux en mieux ! Le païen que je suis, cartésien convaincu, se révolte intérieurement. Jusqu'où vais-je me renier ? Resté seul assis au bord du talus, je suis saisi par la beauté du paysage. Une chèvre me regarde. Elle émet un bêlement contestataire. Me juge-t-elle ? Un malaise me prend, une espèce de culpabilité, comme si le lieu ne pouvait s'accommoder que d'une parfaite sincérité. Je me bats la coulpe de m'être laissé entraîner dans cette histoire ridicule où je vais endosser le rôle du miraculé.

Nous trouvons la source derrière un portillon dans les fondations de l'église. Il y a une petite louche pour puiser l'eau.

— Déshabille-toi, me commande Nat.

— Quoi ?

— Je dois te baigner.

J'enlève ma chemise en maugréant, elle fait ruisseler l'eau sur mes gales. Je frissonne. Elle demande :

— Tu sens les vibrations ?

Je ne réponds pas.

— Enlève le bas !

— Non, pas le bas !

— Enlève, il n'y a personne ici !

Me voici nu comme un ver dans le soleil d'hiver, sous le regard narquois de la chèvre, me maudissant, arrosé à la louche par Nat qui aligne des syllabes incompréhensibles que je soupçonne être des incantations. C'est parfaitement grotesque.

La séance terminée, je me vêts avec empressement. Nat m'entraîne vers l'église, ouvre avec la même clé. L'intérieur est très simple, très rond, comme un ventre. Le saint statufié nous regarde avec bonté. Une lumière oblique tombe des vitraux. C'est beau et prenant. Les murs sont tapissés d'ex-voto.

— Nous en mettrons un quand tu seras guéri, murmure Nat, pleine de foi.

Il y a un grand registre posé sur une sellette. Je l'ouvre, c'est l'histoire du site, depuis l'antiquité, depuis les Celtes. Je suis en train d'insulter l'Histoire ! Lorsque je me tourne vers Nat, je vois qu'elle a allumé un cierge. Elle me le tend.

— Tiens, prends-le !

— Mais non, pour quoi faire ?

— Tu vas t'agenouiller devant l'autel et dire une prière que je vais te souffler.

— Je ne suis pas croyant, tu le sais bien !

— Kevin, on ne fait pas les choses à moitié !

— C'est ridicule !

Elle creuse sa ride du lion :

— Fais-le !

— Non !

— Comment ça, non ? Tu ne veux pas me faire plaisir ?

Une révolte aussi soudaine que violente me saisit, elle me prend le ventre et la gorge, mes tempes battent tambour. Soudain je pense :

« J'ai Mars en Poisson, c'est mon jour ! »

D'une voix contenue, mais ferme, j'argumente :

— Non Nat, je dis Non ! Je ne veux pas simuler une piété que je n'ai pas, c'est irrespectueux, cet endroit mérite mieux qu'une pantalonnade !

Elle a un hoquet de contrariété.

— Mais c'est quoi ces salades ?

— Tant que j'y suis, je vais te dire ! je ne suis pas malade du tout, si ce n'est malade de vos lubies ! J'ai fait croire cela à ton père pour qu'il me foute la paix avec son boulot de débile. Et puis, j'en ai assez que tu diriges chaque acte de ma vie, que tu observes mes moindres gestes, que tu écoutes quand j'appelle mes potes, et que tu me reprennes pour des miettes sur la table ou une tache sur mon T-shirt... J'étouffe, Nathalie ! T'es une vraie mante religieuse !

Tandis que je parle, une chaleur m'envahit, mon sang circule à toute berzingue, mes joues brûlent, les vannes sont ouvertes, je déverse. Je vois Nat se décomposer, son visage se friper, elle hurle des insanités sans égard pour le saint, des noms d'oiseaux résonnent sous les voûtes vénérables, mais cela ne m'atteint pas, je continue, je me purge, je m'en donne à cœur joie. Bordel, je suis un homme libre !

À bout de souffle et d'inspiration, elle sort en trombe sur un :

— Tout est fini entre nous !

La porte, ouverte à la volée, laisse entrer un flot de soleil. Je respire un grand coup, fais un petit salut à saint Martin qui a gardé son air bonasse malgré la tempête et sors à mon tour. Je la rattrape et nous marchons côte à côte. Elle est furieuse et me conspue, me traite de connard, d'escroc, de loser, et d'autres noms que je répugne à répéter… J'admire la richesse de son vocabulaire. Elle me signifie également qu'elle me vire de chez elle. Moi je me tais, étonnamment serein.

Et me voici le 11 mars ! Célibataire, hébergé par un pote, confiné dans 50 m2 sous les toits, déboussolé pour ne pas dire déconfit. Je crois comprendre que Mars a quitté mon ciel astral. Mais j'ai quand même une consolation : une peau de bébé !

Finalement, ce gars, ce Martin, il est fort !

« Lorsque le Vent murmure, sa rumeur se répand... »

(Kurt FIDLERS, péceocien 2020)

Kurt FIDLERS

Auteur depuis plus de 30 ans, j'explore tous styles littéraires, mais principalement la SF, le fantastique, la fantasy, le polar ainsi que le burlesque. J'ai à mon actif plus de 50 nouvelles et 2 romans achevés, mais non publiés. Gratifié de 3 prix littéraires (2 à Paris et 1 à Charmey/Gruyères), je participe régulièrement à des concours dans des catégories qui m'intéressent uniquement par le sujet qui est proposé.

Sur Facebook : Auteur Kurt Fidlers

LES DIEUX TOMBÉS DU CIEL

La tête de la caravane s'engouffra dans les sous-bois. Les bêtes de somme hésitèrent, tirant, brinquebalant, et finirent par avancer sous les coups de bâtons, jusqu'à ce que, lentement, la dernière charrue ait disparu de mon champ de vision.

À la vue des bestiaux harnachés, empêtrés dans les sillons boueux, j'eus un sentiment étrange, l'indicible impression que nous étions les animaux.

Une question s'imposa à moi : « Qui tenait le bâton qui nous faisait avancer ? »

Jusqu'à ce jour, je croyais savoir. Or, je m'aperçus que j'étais baigné de certitudes.

Tout était arrivé si vite.

Et maintenant qu'il me fallait partir, je ne pouvais me résoudre à quitter ces contrées où j'avais grandi.

Ces vertes plaines, ces vallons gras que de petites rivières ensemençaient de leur débit lancinant. J'aimais y couler des jours heureux, sous les arbres où je me couchais en quête d'un peu de fraîcheur quand les jours se réchauffaient, peu soucieux du monde qui m'entourait. Peut-être étais-je devenu trop apathique.

On ne pouvait pas éternellement se soustraire aux changements qui s'opéraient autour de nous, m'avait maintes et maintes fois asséné Ang Fu.

En un sens, il avait raison.

Le village s'élevait devant moi. Un agglomérat de structures coniques dressées en pierres sèches extraites du fond du vallon. Et autour de la cinquantaine d'habitations se déployaient des cultures que le temps s'acharnerait certainement à labourer de ses frimas et que maintenant, la brise faisait frémir.

Mon regard balaya toute la vallée, jusqu'aux escarpements rocheux entre lesquels un vent chaud s'insinua pour venir à ma rencontre. Une dernière fois, je voulus ressentir sa caresse sur mon visage. Ses courants étaient autant de mots, de paroles que je tentai de capter. Ils étaient des variations de notre Mère. Comme un appel.

Elle murmura. Une rumeur.

Imaginer ne plus jamais revoir cet endroit me fendit le cœur. Qu'étions-nous aux yeux des dieux – quels qu'ils fussent – pour nous imposer un tel choix ?

Longtemps, je restais ainsi. À contempler mon passé. À écouter la rumeur des Vents. Puis, d'un seul mouvement, je lui tournai le dos, certain que notre route ne s'arrêterait pas avec ce départ précipité.

Après quelques heures, d'un pas peu convaincu, je rejoignis la caravane qui avait déjà quitté le fond de la vallée pour se diriger en direction des plaines septentrionales et des villages qui les peuplaient.

Mes compagnons parlaient peu. Leurs mines étaient graves, accablées par leur sort. La majorité était des vieillards, hormis quelques familles et leurs enfants. Ils n'étaient pas comme moi. Résolus à se battre pour défendre ce qui leur était cher. Eux cherchaient juste à protéger leurs proches.

Avec l'âge, m'étais-je dit, on perd de cet esprit combatif qui anime ceux de ma génération.

Je remontai la caravane et rejoignis mon maître Ang Fu, sanglé dans son pagne épais, harnaché sur sa charrue, tirée par un bœuf puissant.

Ses yeux fatigués m'interrogèrent.

— Qu’as-tu entendu ?

Rien qu’à son regard, je compris instantanément ce qu’il cherchait à savoir.

— Ne crois pas aux faux dieux, lui répondis-je.

Il opina tandis que ses yeux se portèrent sur l’horizon.

Nous laissâmes derrière nous les reliefs qui s’étaient faits vallons puis plaine. Une dernière fois, je contemplai les montagnes dentelées aux pics acérés.

— Sois patient, mon jeune apprenti. L’heure viendra bien assez vite pour retourner d’où nous venons.

— Mais…

— Souviens-toi Nashitori, coupa-t-il en tendant un index menaçant.

— Oui Maître, répondis-je aussitôt, signifiant que je connaissais sa litanie : « L’eau s’écoule comme le temps. Ne cherche pas à l’empêcher de couler, le temps fera son œuvre ».

La route fut longue.

Plusieurs jours s'écoulèrent avant que nous n'abordions l'orée d'un village dont les constructions en torchis surmontées de toits de chaume furent érigées grâce aux bois qui peuplaient les forêts alentour.

Sous la voûte aux teintes bleuâtres constellée de pigments blancs, une plaine grasse, ponctuée de petits bois, s'étendait à perte de vue jusqu'à la ligne d'horizon, embrasée par le soleil. Une petite rivière contournait le village au bord de laquelle nous installâmes notre campement, légèrement à l'écart des premières habitations.

Le climat de tension qui régnait ne pouvait qu'inciter ses habitants à la méfiance envers notre présence. Raison pour laquelle, nous restâmes sur nos gardes et en retrait.

Ang Fu ne tarda pas à s'entretenir avec son homologue, Shaori San, un Maître de la Terre.

Mon mentor ne m'autorisa pas à l'accompagner. Visiblement, il ne m'estimait pas suffisamment mûr pour participer à un entretien où seuls les Maîtres étaient conviés.

Pendant son absence, je ruminai mon impatience.

Tard dans la nuit, il réapparut et réunit notre conseil.

Curieux, je me glissai subrepticement derrière une charrue pour tenter de capter les discussions autour du feu de camp. Mon ouïe était fine. Je pouvais presque les entendre respirer, retenir leur souffle lorsque Ang Fu déroula le fil de la conversation qu'il avait tenue avec Shaori San.

— Mes amis, dit-il, on nous autorise à demeurer ici autant de temps qu'il nous plaira. Cependant, les lois du hameau doivent être respectées.

Tous approuvèrent en silence.

— Shaori San m'a communiqué les dernières nouvelles des régions méridionales. Elles ne sont pas bonnes… ce que les messagers nous ont rapporté s'avère exact…

Soudain, alors que j'étais capté par le monologue de mon Maître, un corps vint s'étendre à mes côtés. Surpris, un parfum de bois de santal envahit mon odorat. Caché par l'ombre de la charrue, je distinguai des cheveux noirs, noués en un chignon, de frêles épaules surmontées par un cou gracile et un visage délicat que la nuit rendait glabre.

Apparemment du même âge que moi, elle me fit signe de me taire. Je compris qu'elle aussi voulait écouter.

Sa présence perturba ma concentration.

— … s'est déjà entretenu avec d'autres chefs de clans, dit Ang Fu. Il y a moins d'une lune, des centaines de navires de feu sont descendus du ciel. Dans la région des côtes, un contact a été établi avec les êtres. Les premières impressions sont celles d'un peuple conquérant, aux technologies avancées. Leurs intentions ne sont pas évidentes. Ils parlent d'extraire certaines de nos ressources avant de reprendre leur route des étoiles. Tant que nous ne tenterons rien, ils nous laisseront en paix.

— Sommes-nous bien certains qu'il s'agit de dieux ? Et comment être sûrs qu'ils ne sont pas hostiles ? intervint Son-Yan, un membre éminent du conseil.

— Ils possèdent des armes, rétorqua Ang Fu.

Cris étouffés parmi l'assistance.

La jeune fille me regarda, un mélange de stupéfaction et de crainte peint sur son visage.

Un silence parcourut l'assemblée avant que Koria, l'une des cinq femmes du conseil, déclare :

— Si c'est le cas, alors nous devons nous incliner.

Tous approuvèrent son intervention et votèrent. À l'unanimité.

Les légendes que l'on m'avait contées sur notre monde remontèrent à la surface.

Notre civilisation avait connu de nombreuses époques. Jusqu'à ce que, à son apogée technologique, elle fût avalée par sa propre arrogance. Notre monde souffrit alors de grandes guerres et brûla dans le feu des grands champignons.

Sur les cendres d'une planète dévastée, vaincu par la technocratie, un retour à une vie plus simple, en lien avec Mère, se fit dans la douleur. Et avec cette transition, les armes furent abolies, détruites. Leurs confections perdues dans l'oubli du temps, tandis que naquit un âge où le peuple fut capable d'écouter les chants de Mère Nature et d'en composer eux-mêmes les notes. La population devint l'artillerie. Bien qu'il n'y eût ici nul besoin d'arsenal lorsque l'on était pacifique de nature et de naissance.

Le conseil prit fin.

Les membres se saluèrent et rejoignirent leurs charrues ou leurs tentes érigées à la va-vite. Ils semblèrent tous s'accorder sur un consensus unilatéral. Ce qui m'était impensable. J'en tremblai, incapable d'accepter cette décision. Voilà donc le marché que notre peuple allait conclure : laisser aux plus forts prendre ce qu'ils voulaient et plier devant la force.

Hors de moi, je me levai jusqu'à en oublier la fille dont les yeux me scrutaient intensément.

— Elle ne sait pas ce qu'elle dit la vieille Koria, dis-je presque sur un ton furieux.

Au bord des larmes, elle aussi était secouée. Elle renifla et chercha à se contrôler.

— Qui es-tu pour remettre en question la parole d'un membre de ton conseil ? m'interrogea-t-elle abruptement.

— Nashitori. Et je ne permettrai pas que des étrangers viennent ici piller et menacer.

Elle me toisa des pieds à la tête comme si j'étais fou.

— Ton conseil l'a voté à l'unanimité. Il est souverain dans cette décision. L'aurais-tu oublié ?

Elle s'approcha et me jaugea avant d'enchaîner :

— Tu es un Maître du Vent... tu perçois le murmure de notre déesse dans les courants, n'est-ce pas ? Je le vois dans tes yeux. Ils sont gris, miroités. Tu es un fils de Mère Nature. Tu entends son appel, mais reste impassible face aux décisions que les plus sages que toi prennent dans un intérêt commun.

— Je ne suis pas un Maître, dis-je sur la défensive. Je suis un apprenti. Mais toi, qui es-tu pour connaître cela ?

— Yu Min. Fille de Shaori San.

— Le conseiller du village ? Mais alors, toi aussi tu es fille d'un Élément primordial ?

Elle opina.

Dans son regard dansait le brasier de la fierté. Être un enfant de la nature est un don qui n'était pas octroyé à tous. Faire partie de l'extension de notre terre était un honneur. Et elle le savait.

Ce n'était pourtant pas un gage de confiance. Car pour celui que j'étais, être chassé du berceau qui l'avait vu naître était inacceptable. Et malheureusement, je ne connaissais pas les intentions de Yu Min.

— Et que penses-tu de la décision du conseil ? L'accepterais-tu toi ?

Elle haussa les épaules avec une telle désinvolture que cela me mit encore plus hors de moi. Elle ne répondit pas.

— Comment peux-tu être si insensible, si...

Je suspendis ma phrase, conscient de mon impétuosité et impatience, comme me l'avait si souvent souligné Maître Ang Fu.

Ses yeux profonds et noirs, cerclés d'un anneau flamboyant comme l'étaient tous ceux des Maîtres du Feu, me scrutaient. Ils semblaient s'embraser. L'air devint subitement lourd, chargé d'énergie.

— Ne vois pas dans l'abnégation une forme d'asservissement. Tes villageois sont âgés. Ils ne sont pas aptes à mener une bataille…

— Je ne…

— Elle a raison, coupa une voix qui ne m'était que trop familière.

Ang Fu.

Surpris, je m'inclinai devant la soudaine apparition de mon Maître, aussitôt imité par Yu Min.

— Ton amie a raison, Nashitori.

— Maître…

–- Je sais ce que tu vas dire mon jeune apprenti. Tu voudrais tous nous voir heureux qu'il soit inadmissible de nous spolier ainsi de nos terres. Mais ce n'est plus possible et tu le sais. Accueille le changement, il ne sera que plus facile à accepter.

— Je ne peux, c'est contre ma volonté. Tant qu'il y aura de l'espoir de retrouver notre chez-nous, je m'y emploierai. Et je ne crois pas à ces faux dieux. Je l'ai entendu dans la rumeur du Vent.

— Alors je ne peux plus rien pour toi, mon jeune ami. Je t'ai enseigné tout ce que je savais. Maintenant, ton destin est entre tes mains. Tu n'es plus un apprenti, mais un Maître. Va et poursuis ta voie.

Je restai cloué sur place, hébété par les paroles de mon mentor. Si soudaines. Comme s'il m'excluait du clan. Mais je chassai aussitôt cette pensée. Je savais qu'il ne s'agissait pas de cela, il était compatissant et ne souhaitait que mon bien. Je n'en demeurai pas moins muet face à ses mots.

Il s'inclina devant moi. Comme le faisaient des êtres égaux.

Ainsi, Ang Fu m'affranchit du serment qui nous unissait.

Je fus libre comme le Vent, de mener mon destin.

Contre toute attente, Yu Min émit le souhait de m'accompagner alors qu'elle ne savait rien de moi.

Elle qui n'avait jamais quitté son village laisserait derrière elle tout ce qu'elle avait connu jusqu'ici.

Elle n'avertit pas son père, mais laissa le soin à mon Maître de prévenir Shaori San de son choix. Il semblait évident qu'elle s'attendait à la réaction de son père. Mais Yu Min était majeure selon nos codes, elle pouvait donc aller où bon lui semblait. Même poursuivre les traces d'un parfait inconnu.

Nous remerciâmes Ang Fu et partîmes.

Ainsi, nous prîmes la route sous la voûte céleste avec, dans nos baluchons, l'espoir de retrouver un jour nos foyers respectifs.

Longtemps, nous marchâmes, nous reposant à la nuit tombée dans des abris de fortune, à l'écart des routes marchandes, bien loin de nous imaginer la tournure que prendraient les évènements.

Notre chemin nous conduisit aux confins de notre monde, dans des contrées que nous n'avions jamais visitées.

Nous allâmes à la rencontre des personnes telles que nous. Celles aux mêmes prédispositions que les nôtres, en lien avec Mère Nature. Nous en trouvâmes partout, plus que nous n'en espérions. Dans les villages des plaines, méridionaux et reculés, dans le grand désert septentrional.

Des jeunes, persuadés comme nous, qu'il était intolérable d'accepter la situation que nous vivions. Et sans avoir demandé quoi que ce soit à quiconque, notre groupe s'agrandit au fil de nos pérégrinations. Emmenant dans notre sillage une horde de jeunes de tous horizons, mus par une seule voix : la nôtre.

Mais plus je m'éloignai du berceau qui m'avait vu naître, plus je ressentais le besoin d'y retourner. C'était comme si la voix dans le Vent de Mère Nature m'appelait. Elle m'exhortait à revenir sur mes pas, car un danger menaçait.

Des mois succédèrent aux semaines.

Durant tout ce temps, les relations avec les visiteurs se dégradèrent comme nous le présagions.

Alors que dépeints par beaucoup comme des dieux lors des premiers contacts, les avis divergèrent petit à petit. Du premier message de paix qu'ils nous transmirent, les êtres venus d'ailleurs finirent par révéler leurs vrais visages. Et il n'était pas celui qu'ils voulaient bien nous montrer. La prétendue visite pacifique se mua peu à peu en pillage en bonne et due forme. Les rumeurs qui circulaient à propos des faux dieux étaient sans équivoque. Des quatre coins du monde venaient des informations qui confirmaient mon sentiment profond. Ils n'étaient pas là pour créer une alliance ou rencontrer une nouvelle civilisation, non, ils étaient là pour s'abreuver jusqu'à plus soif. Jusqu'à assécher notre monde de ses ressources naturelles.

Afin d'extraire les minerais, l'eau de nos lacs, des populations entières furent déplacées, massacrées, lorsqu'elles s'opposèrent à leur présence.

Mère Nature souffrit, comme nous tous. Nous sentions, au plus profond de notre groupe, la souffrance que causait la violation de la nature et l'annihilation de ce qu'Elle offrait à Ses occupants.

Et par ignorance de notre civilisation, ils crurent fermement que nous n'étions qu'un peuple primitif, de sombres idiots qui plieraient à la vue de leurs armes qu'ils brandissaient comme la consécration de leur hégémonie technologique. Probablement que leur route avait rencontré des civilisations telle que la nôtre et qu'ils avaient usé de leur subterfuge fallacieux pour asservir d'autres peuples.

Mais nous n'étions pas de ceux-là. Il était hors de question de s'avouer vaincu.

Nous nous organisâmes en petites factions et infiltrâmes des villages où l'asservissement de notre peuple était leur méthode de colonisation. Car extraire nos ressources n'était finalement qu'un leurre de plus. La finalité de leur présence était purement et simplement une domination pleine et entière, sans concession.

L'espionnage nous en apprit beaucoup sur les êtres venus de l'espace. Leur mode de vie, leur croyance en la technologie érigée comme une déité, et leur certitude quant à leur capacité à dominer notre monde.

Nos renseignements révélèrent que notre planète n'était qu'un avant-poste d'une expansion plus vaste vers d'autres étoiles plus lointaines.

Mais avec ce joug des régions les plus reculées, s'éleva une rumeur. Celle de la révolte. Non pas seulement parmi ceux de notre groupe, mais également au sein même des anciens qui constituaient la mémoire vive, la pierre angulaire de notre civilisation.

Nous étions prêts à mener la dernière bataille de notre monde. Celle qui nous amènerait vers la liberté ou une domination totale des visiteurs.

Après douze lunes, notre chemin nous conduisit irrémédiablement vers les contrées qui nous avaient vu grandir, car c'était là, selon nos sources, que se concentraient les principales richesses de notre planète : les minerais. Ce que convoitaient les êtres des étoiles.

Sur la route qui nous ramenait chez nous, avec un groupe qui était devenu plus qu'une armée, je découvris le désastre que les faux dieux causaient à notre monde. Villages incendiés, forêts dévastées, populations déplacées, asservies. Et sur chaque site, je constatai, effaré, leur gigantesque armada.

Je vis leurs vaisseaux. Longs, effilés comme des insectes, surmontés à leurs extrémités de structures gigantesques. Ce n'était pas tant des navires d'exploration, mais d'extraction. Des machines volantes si perfectionnées qu'elles étaient capables d'arracher au moyen de leurs tentacules métalliques des pans entiers de montagnes.

De toutes parts, partout où nous allions, les engins enveloppaient l'horizon, tel un essaim d'abeilles, autour desquelles gravitaient d'infinis modules oblongs qui pouvaient contenir un seul de ces êtres. Eux, je les aperçus aussi.

La première fois, ce fut comme un choc. Car ce que l'on m'avait dépeint comme des « sur-êtres » n'était en réalité que des corps glabres, frêles, capables d'être brisés sans difficulté par nos prédispositions. Nous étions bien plus grands qu'eux, mais moins bien armés. J'en vis recouverts d'un squelette fait d'un matériau gris, luisant, qu'ils manipulaient comme s'il s'agissait d'extension de leurs propres membres. Ces instruments leur permettaient d'extraire du sol les arbres ou les rochers trop importants pour leur faible constitution. Voilà à quoi leur servait ces « exosquelettes » comme ils les appelaient. Des machines destructrices qui amenaient la mort et la disparition de ceux qui peuplaient les forêts. Dans leur sillage, ils semaient la désolation. Les territoires autrefois verdoyants, parsemés de forêts, devinrent des plaines mornes, où plus rien ne pousserait si ce n'est la boue et le désert.

Le visage de Mère changeait. Et nous entendions sa plainte. Dans le sol, dans l'air, dans l'eau et le feu. C'était un cri de désespoir, d'alarme.

Si nous n'entreprenions rien, elle mourrait tôt ou tard, emmenant dans sa chute la civilisation qui foulait son sol.

Notre chemin de retour fut parsemé d'embûches.

Après avoir marché pendant des lunes, nous subîmes des attaques régulières, mais auxquelles nous pûmes systématiquement nous soustraire sans subir trop de pertes. Évidemment, notre groupe était devenu trop important et il était inconcevable de rester dans l'ombre indéfiniment.

Il semblait de plus en plus évident qu'à force d'avoir assiégé des villages, nos visiteurs avaient eu vent des attaques que nous avions menés au fil des mois passés sur leurs installations.

Plus de deux cents membres composaient notre groupe quand nous abordâmes une nuit le village de Shaori San. C'est là qu'ils nous surprirent alors que nous croyions toucher au but de notre expédition.

Des habitations, il ne subsistait plus que des amoncellements de bois réduits en cendres.

Les forêts qui parsemaient les vallons qui grimpaient vers les collines en direction de chez-moi avaient été réduites en cendres. Dénudées, elles n'offraient pas réellement un lieu pour une attaque. Seulement, le terrain accidenté, crénelé, fournissait des positions dominantes par rapport au village qui se situait dans le creux du vallon, et ainsi, une cible parfaite pour une embuscade.

Alors que Yu Min, un visage inondé de larmes, constatait le désastre et que je la prenais dans mes bras, des gerbes meurtrières s'élevèrent dans un bruit assourdissant.

Nous étions pris pour cible.

Et dans ce feu, des amis tombèrent, tandis que sur les crêtes, je vis des exosquelettes se dessiner.

J'en dénombrais au moins une quinzaine.

Puis, une autre salve s'abattit dans un brouhaha indescriptible.

Partout, des membres de notre groupe tombèrent, lacérés par les tirs meurtriers.

Nous nous dispersâmes et nous mîmes à courir en tous sens, cherchant le moindre abri pour nous protéger.

Reprenant mes esprits, je fis signe à Yu Min et aux autres de se concentrer pour contrer l'attaque. Ils comprirent.

Yu Min, que la colère avait envahie, concentra son énergie, s'accroupit, et puisa d'une main dans les ressources de Mère. Ses yeux se mirent à flamboyer, et son corps se chargeait de l'énergie du feu jusqu'à l'envahir à tel point que je dus m'en écarter. De sa main tendue, elle propulsa une boule rougeoyante en direction des machines, dont deux tombèrent sous son assaut, embrasées comme des torches.

Un autre compagnon, un Maître de l'Eau, fit s'abattre un orage déchaîné sur les géants de fer qui descendaient la colline sans cesser leurs tirs.

Des colonnes de flammes remontèrent à proximité de notre position.

Des exosquelettes furent emportés dans un tourbillon d'eau qui leur lacéra les membres et les déchiqueta comme de vulgaires pantins. Malgré le bruit assourdissant, nous entendîmes les cris des êtres, surpris par la soudaineté de notre riposte.

Un Maître de la Terre concentra son énergie et fit émerger sur les pas des unités, des racines qui sanglèrent le reste de leur troupe, jusqu'à les broyer et les emporter dans les profondeurs de Mère.

L'attaque cessa.

La victoire n'était cependant pas encore acquise, car des plus hauts sommets derrière les collines émergea un vaisseau qui enveloppa le ciel, et duquel un millier d'engins jaillirent pour fondre sur notre position.

À mes côtés, mes compagnons s'étaient faits plus rares, décimés par les assauts nourris de nos ennemis.

Observant mes compatriotes et avec l'approbation de leurs regards, nous nous précipitâmes en direction des collines, nous éparpillant pour donner le moins de cibles aux vaisseaux qui envahirent l'espace.

Des tirs groupés nous prirent pour cibles.

Je me concentrais tandis qu'au-dessus de nos têtes s'amassait la menace grandissante.

Je ressentis la rumeur du Vent. Elle s'amassait, se concentrait en un noyau tourbillonnant, comme un œil titanesque qui se focalisa sur l'essaim d'où étaient sortis les petits navires. D'un geste impérieux, je le fis s'abattre sur la structure qui chancela.

Yu Min, elle aussi se concentra, récoltant tant d'énergie que, soudainement, son corps devint blanc, chargé d'un feu dévastateur. Jamais je ne l'avais vue ainsi.

Et tout à coup, alors que le géant était immobilisé dans le ciel au-dessus des montagnes grâce au tourbillon que je venais de créer, une pluie de pierres de feu s'abattit sur la coque.

Il fut frappé de plein fouet par plusieurs projectiles qui le déchirèrent de part en part.

La flottille s'immobilisa. L'assaut porté sur le vaisseau mère leur apprit que la victoire n'était peut-être pas si aisément acquise.

Les crêtes crénelées virent s'abattre sur leurs cimes le ventre du géant qui se déchira dans un fracas assourdissant. Désormais perdu, les navettes s'en retournèrent, vaincues.

Ils s'appelaient Humains et avaient fait un long voyage depuis leur lointaine Terre, jusqu'à notre planète, Avril, dans l'espoir d'y prélever ses ressources. La chute du vaisseau Mère leur apprit que nous n'étions pas ces primitifs à qui ils croyaient avoir à faire. Et avec cette première victoire, nous répandîmes la rumeur sur notre planète grâce aux Vents, l'Eau, la Terre et le Feu.

De partout, la révolte s'amplifia, s'éleva contre nos visiteurs qui, après plusieurs mois d'occupation, s'en retournèrent vers les étoiles.

Avril qui abritait les grandes collines verdoyantes qui m'avaient vue naître et ses montagnes en arrière-plan. Les monts les plus élevés de notre planète. Là où Mère m'avait, il y avait déjà une éternité, soufflé ses premiers murmures. Des mots dans le Vent. *Ne crois pas aux faux dieux*. J'y étais retourné avec notre victoire et c'est l'âme en peine que j'y découvris la tragédie. La carcasse éventrée du géant de fer béait comme un poisson mort gisant sur le rivage. Et partout régnait le chaos dans le feu tombé du ciel.

Une voix s'éleva et me rappela que Mère Nature ne se contrôle pas, elle s'apprivoise.

Sois humble avec Elle.

Elle te le rendra quand tu en auras besoin.

★

« Le passé peu commun de James et Moïra Mac Alister »

(Louise MORENS, péceocienne 2020)

Louise MORENS

Informaticienne de métier, antispéciste, non-binaire, j'ai toujours rêvé de visiter la constellation d'Orion. Comme cela n'est pas possible, il y a quelques années, j'ai créé mon univers, « les Mémoires d'un Veilleur ». J'écris depuis mes quinze ans, mais je me suis réellement lancée dans l'aventure de l'édition en 2018, avec la publication de nouvelles relatives à mon univers, puis avec la parution des trois premiers tomes. Je publie sous format papier, e-book et lecture libre. J'agrémente le tout d'illustrations, nouvelles visuelles, animations...

Retrouvez-moi dans...

- « L'Année perdue, Mémoires d'un Veilleur », Tome 1. - 2018, SF
- « Trahisons, Mémoires d'un Veilleur », Tome 2. - 2019
- « Métanélie, Mémoires d'un Veilleur », Tome 3, 2020

https://www.louise.morens.com

Nouvelle de Louise MORENS

RETOUR AUX SOURCES

Le 2 mai 2000

La soirée était agréable en ce début mai, dans le petit village de la banlieue lilloise. Dolorès dressait la table sur la terrasse qui donnait sur le jardinet et la forêt. Jimmy apportait la salade qu'il avait préparée avec les herbes sauvages lorsque le téléphone sonna. Il soupira, déposa le plat et répondit.

— Dis à Moïra qu'elle a rendez-vous avec « Tuamotu » demain ! Elle comprendra !

Jimmy resta ébaubi. Il revint à l'instant présent lorsque Dolorès posa tendrement une main sur son épaule.

— Jimmy ? Est-ce que ça va ? Qui est Moïra ?

— Ce n'est rien, juste une mauvaise plaisanterie.

Elle le dévisagea un instant. Il lui sourit, reposa le combiné, prit soin d'arrêter le haut-parleur et emmena sa compagne à table. Le repas fut silencieux et il toucha à peine à son assiette. Il débarrassa machinalement avant de s'installer dans le canapé. Dolorès était appuyée sur l'épaule de son compagnon. Tous deux tenaient un livre, mais aucun ne tournait les pages. Jimmy contempla sa compagne un instant, avant de mouvoir son bras pour la serrer contre lui.

— Je t'aime. Quoi qu'il arrive, sache que je t'aime.

La jeune femme fut surprise, Jimmy était toujours tendre et n'hésitait pas à lui dire ce qu'il ressentait, mais il semblait perturbé, triste et apeuré à la fois.

— Que se passe-t-il ? Qu'est-ce qui te met dans cet état ?

— Rien en particulier. J'ai seulement besoin que tu le saches.

Le lendemain matin, il prétexta un rendez-vous urgent pour ne pas l'accompagner au bureau. Il se rendit au département des archives du bâtiment des Nations Unies situé à Bruxelles. Une jeune femme travaillait derrière le comptoir.

— Bonjour, est-ce que M. Bridger est là ?

— Il est dans son bureau. Puis-je vous renseigner ?

— Pouvez-vous simplement lui remettre un message pour moi ?

— Bien sûr.

— Dites-lui seulement « Tuamotu ».

— De belles îles du Pacifique, répondit Alex. Je t'ai vu entrer, Jimmy. Je te présente la capitaine Solène Andersen, mon équipière. Jimmy est un ancien agent qui travaillait régulièrement pour nous et Jack. Iel[2] exerçait en free-lance, ce qui nous aidait bien lorsque nous ne pouvions pas intervenir directement. Allons dans le bureau.

— Merci, Alex. Je n'avais plus entendu ce pronom depuis que je vis dans cette partie du monde.

Alex lui sourit et l'invita à prendre place. Ils échangèrent quelques banalités avant qu'il leur explique ce qui l'amenait.

— Ta compagne sait-elle pour qui tu travaillais avant ?

— Non, elle sait seulement que je suis née femme, que je suis originaire d'Angleterre et que j'ai intégré la section criminelle du BEI[3] en France, il y a 6 ans. Elle pense que je travaillais déjà pour eux en Angleterre. Elle ne connaît pas

---

[2] iel/iels : Pronom sujet inclusif de la troisième personne du singulier/pluriel permettant de désigner les personnes sans distinction de genre.

[3] Bureau Européen d'Investigation, sorte de police européenne, fondée sur le modèle du FBI dans les années soixante.

mon prénom de naissance. Elle ne peut pas faire le rapprochement.

— Elle va faire des recherches, souligna Solène.

Jimmy lui sourit avant de répondre.

— Elle découvrira que Moïra est référencée comme ma sœur. Je pense que c'est ce que Karl a découvert. J'aurais aimé ne plus jamais entendre cette voix !

— On va vous mettre sous protection. Va chercher Dolorès et amène-la ici. On va devoir lui expliquer qui tu es. Solène, va prévenir le Veilleur et prépare un endroit sûr !

Trois heures plus tard, Dolorès et Jimmy arrivaient au département des archives. Dolorès avait d'abord refusé de suivre son compagnon lorsqu'il l'avait rejointe. Il l'avait embrassée langoureusement devant leurs collègues avant de l'emmener en la tenant par le bras, la main libre posée sur son arme. Il avait surveillé chaque recoin jusqu'au parking où attendait sa moto. Comme le matin, il avait roulé très vite sur l'autoroute et slalomé entre les voitures. Il avait aussi fait des détours dans Bruxelles pour arriver au bâtiment des Nations Unies où il s'était garé dans un parking réservé au personnel. Solène les attendait et les conduisit directement dans le bureau. Alex les invita à prendre place.

— Qu'avez-vous découvert ?

Dolorès sourit à la jeune femme.

— Le dossier de Jimmy est verrouillé à la date de son arrivée en France, je n'ai donc rien trouvé sur les années qu'il a passées en Angleterre. J'ai découvert qu'il a une sœur qui s'appelle Moïra, mais je n'ai rien de plus sur eux. Je n'ai même pas réussi à savoir son prénom de naissance.

— Nous allons vous donner toutes les informations nécessaires. Vous êtes sous notre protection, maintenant. Jimmy, je peux le faire si tu préfères.

— Ça va aller, Alex. Mon prénom de naissance est Moïra. Elle n'est pas ma sœur, elle est mon ancienne vie. Je ne suis pas humain non plus, je suis britanéen, j'ai 40 ans et non pas 31. Tuamotu était le nom de code de ma dernière mission pour le compte du Veilleur et des Nations Unies. Dernière mission qui a coûté la vie à Hélène, mon épouse. Le Veilleur nous avait unis dans une zone protégée.

Dolorès le dévisagea longuement.

— Je sais qu'on est pressé par le temps, mais tu aurais peut-être pu y aller plus doucement ! Bref, vous aurez le temps de discuter lorsque vous serez en sécurité. Jimmy, Karl n'a pas choisi cette date par hasard, alors soyez prudents. Solène va vous conduire.

— Non, on prendra la moto ! On peut plus facilement circuler si l'on est suivi.

— Je ne peux pas protéger une moto !

— J'ai l'habitude, c'était aussi mon métier !

— Et tu es toujours aussi têtu, James Mac Alister ! Sois prudent ! Karl ne reculera devant rien !

— Qui est Karl ? Tu n'es pas humain ? Pourquoi cette date ? Qu'est-ce qu'un Veilleur ?

— Je ne connais pas Jimmy, mais je pense qu'iel vous expliquera tout lorsqu'iel sera prêt et que vous serez en sécurité. Il n'est jamais facile de raconter son passé.

— Merci, Solène. Pars en avant, on te rejoint. Ça paraîtra moins suspect si l'on ne sort pas en même temps.

Alex et Solène approuvèrent et elle les quitta aussitôt. Ils discutèrent encore quelques minutes avant de rejoindre le garage. Jimmy attacha son casque et ajusta celui de sa compagne avant de démarrer. Alex incita Dolorès qui peinait toujours à croire ce qu'elle avait entendu, à prendre place.

Il fallait moins d'une heure pour rejoindre la maison située dans une zone invisible à l'œil non averti. Solène contacta Alex lorsqu'elle ne vit pas arriver l'équipage. Tous deux prirent aussitôt la route. Ils découvrirent presque à mi-chemin la moto accidentée. Jimmy était inconscient, une jambe écrasée sous l'engin. Dolorès avait disparu. Les renforts arrivèrent rapidement et après s'être assuré qu'il n'était pas gravement blessé, Alex et Solène emmenèrent Jimmy chez lui. Quelques minutes, à peine, après leur arrivée, le téléphone sonna.

— Si tu ne préviens pas ta sœur, c'est ta copine qui paiera ! Je l'attends, je pense qu'elle saura où me trouver !

Alex contacta le reste de son équipe. Le Veilleur apparut au milieu du salon avec une mallette. Il étreignit chaleureusement son protégé.

— Jimmy, j'aurais aimé te revoir dans d'autres conditions.

— Moi aussi, Jack. Je suis soulagé de vous voir travailler de nouveau ensemble, Alex et toi. Je suis aussi heureux pour toi, tu es radieux. Profite bien de chaque instant, un jour il ne reste que les souvenirs.

Il termina sa phrase en regardant Solène qui lui sourit, ce n'était pas la première fois qu'on lui donnait ce conseil.

— On s'y emploie chaque jour, répondit Jack avec un sourire taquin avant de reprendre plus sérieusement. Que s'est-il passé ?

— Une voiture nous a doublés, je ne l'ai pas vue arriver. Elle s'est rabattue trop près et j'ai dû faire un écart. Elle a freiné brusquement, je n'ai eu d'autre choix que de coucher la moto pour éviter l'accident. J'ai ensuite senti une décharge d'énergie qui m'a assommé.

— On sera donc très prudent. Jimmy, prends appui dans les bras d'Alex. Je vais t'injecter le contrôleur cérébral.

— Je déteste cet engin !

— Je sais, mais il te fouillera. C'est le seul qui ne soit pas détectable avec les technologies de cette planète !

Jimmy s'exécuta en grommelant. Alex le serra très fort contre lui. Solène remonta ses cheveux et dégagea la base de son cou.

— Détends-toi. Tu sais comment ça marche !

Après quelques instants, Jack inséra l'aiguille à la base du cou et le nanorobot remonta jusqu'au cortex cérébral où il prit place. Solène vérifia que les données visuelles et auditives étaient bien récupérées par l'ordinateur et envoya un message. Jimmy lui fit signe que tout était parfait et tous prirent la route.

L'équipe d'intervention prit place dans le plus grand silence autour de la maison où l'affaire Tuamotu s'était terminée dans un bain de sang. Karl avait fait ouvrir une nouvelle entrée au tunnel qui lui avait permis de s'échapper à l'époque. L'équipe d'intervention prit position. Deux Sorciers se transformèrent, l'un en belette et l'autre en bergeronnette. Tous deux entrèrent discrètement dans le tunnel. Ils découvrirent un système d'alarme et des explosifs reliés à un minuteur à retardement. Ils étaient équipés d'oreillettes et de microcaméras et les démineurs purent leur indiquer quels fils couper. La belette désamorça les bombes et le système d'alarme et tous purent investir le tunnel. Jimmy attendit le rapport de l'équipe pour évaluer la manière de procéder.

— J'y vais à moto. Il saura que c'est moi.

— Es-tu certain qu'il va te reconnaître ? Il ne sait pas que tu es Moïra.

— Je me charge de lui faire comprendre. Il y a des choses que je suis le seul à connaître. Je haïssais ses mains baladeuses et son regard ! Hélène me rassurait le soir quand je rentrais.

— On était conscient de son comportement, Hélène m'avait demandé comment gérer ça. J'étais passé par une situation quelque peu similaire, répondit Alex. J'ai du mal à imaginer comment tu as pu supporter ses avances malsaines aussi longtemps.

Jimmy sourit tristement.

— Il fallait bien mettre fin à ses exactions. Cette mission était étrange depuis le début. Promettez-moi que plus jamais rien ne se mettra entre vous. Ne cessez plus jamais de travailler ensemble !

— On a déjà fait cette promesse à une vieille amie, on la réitère aujourd'hui, répondit le Veilleur.

— Jimmy, je suis sincèrement désolé pour Hélène.

— Tu n'y es pour rien, c'est lui qui a tiré. On avait tout préparé avec minutie. On ne pouvait pas savoir ce qu'il avait prévu, Alex.

— Promets-moi de ne pas faire de bêtises, il n'en vaut pas la peine !

— N'aie crainte, Jack, je veux seulement sortir Dolorès de là. Je ne veux pas la perdre aussi.

Ils attendirent l'aval de l'équipe d'intervention pour que Jimmy s'engage sur le chemin. Il arrêta la moto devant la maison, descendit doucement et retira son casque. Il avait toujours les cheveux longs et espérait que Karl le reconnaîtrait malgré la moustache, la barbe naissante et le reste.

Il frappa à la porte, un homme armé d'un pistolet à décharge d'énergie lui ouvrit et l'introduisit dans la pièce. Le Veilleur avait raison, il fut, non seulement fouillé, mais son corps fut aussi passé sous un détecteur de métaux. Le nanorobot ne venait pas de cette planète ni d'aucune de celles d'où étaient originaires les peuples réfugiés et il resta indétectable. L'homme de main le poussa en pleine lumière.

Karl lui tournait le dos. Jimmy en profita pour scruter la pièce. Rien n'avait changé, seuls quelques meubles étranges ornaient maintenant les murs latéraux. Le Veilleur et ses compagnons notèrent tout ce qui leur était utile. L'équipe d'intervention ajusta ses positions et tous se tinrent prêts. Jimmy aperçut Dolorès assise au sol. Un homme la leva sans ménagement et l'avança dans la lumière. Un fin tuyau reliait son bras à une seringue située dans la main libre de son geôlier. Karl se retourna lentement.

— Ne fais rien d'inconsidéré. La dose qui se trouve dans la seringue lui serait fatale. J'ai pensé que ce serait plus original qu'une balle pour un ancien agent des stups. Mais apparemment, ta sœur n'a pas jugé bon de venir elle-même. C'est dommage, je n'ai que faire de toi.

— Je suis Moïra, Karl !

— Cela m'étonnerait. Je me souviens parfaitement d'elle. Seuls vos cheveux et vos yeux sont identiques.

— C'est bien moi pourtant. Le reste a quelque peu changé, mais je suis toujours la même personne. Moïra Mac Alister, d'origine britanéenne, 40 ans. Tu as tué Hélène Valke – Mac Alister, il y a 7 ans aujourd'hui. On a tué ton frère et ton bras droit le même jour.

— Tu as bien appris ta leçon. Elle est donc devenue trop trouillarde pour venir me voir et elle envoie son frère. Ta copine va en payer les frais !

— C'est bien moi, Karl ! Tu m'avais fait venir ici pour être tranquille, sans que ta compagne puisse te voir. Elle avait deviné que tu avais des vues sur moi. Elle savait que tu avais les mains baladeuses, mais elle a découvert que tu voulais bien plus ! Tu t'imagines que si j'avais une sœur, elle m'aurait donné ces renseignements !

— Tu travailles apparemment pour les mêmes personnes qu'elle ! Tu as pu avoir accès au dossier !

— *Gagne du temps, Jimmy. On va vous sortir de là. Essaye de nous donner le nombre de personnes dans la maison. Reste concentré !*

Jimmy ne cilla pas lorsqu'il reçut le message d'Alex directement dans son oreille interne. Il se concentra et détailla de nouveau la pièce. Il aperçut au moins deux ombres dans la petite chambre contiguë.

— Je t'ai laissé m'aguicher pendant un mois. J'ai répondu à tes avances malsaines. Heureusement qu'Hélène me soutenait quand je rentrais chez nous ! J'ai accepté l'invitation dans ta garçonnière. Tu avais choisi la date du 3 mai, parce que c'était mon anniversaire, en tout cas la date écrite sur mon CV ! Tu avais envoyé ta compagne en vacances aux Caraïbes ! J'avais réservé les billets et l'hôtel. Tu es venu me chercher à ton bureau après l'avoir déposée à l'aéroport. Tu étais en avance et j'avais eu peur que tu puisses voir le transfert de données qui était en cours. Tu n'as rien vu. Les Nations Unies ont pu récupérer toutes les preuves nécessaires à ton arrestation.

— Je n'ai plus jamais fait cette erreur !

— Lorsque nous sommes arrivés, tu as sorti le grand jeu. Dîner aux chandelles, pendant lequel le reste de l'équipe repérait les lieux. Tu portais un costume beige avec une fleur à la boutonnière. Tu m'as ensuite emmené dans la chambre, où tu m'as embrassé. C'était répugnant ! Je t'ai frappé, je ne pouvais pas en supporter plus ! Je n'avais pas senti la drogue dans mon verre de vin. Malheureusement pour toi, je ne suis pas humain, elle a un effet très limité sur mon métabolisme. Mais tu as pu prendre le dessus quelques minutes et me jeter sur le lit. C'est là que j'ai découvert que tu n'étais pas seul dans la maison ! Ton frère et ton bras droit étaient là ! J'ai connu mieux pour un rendez-vous en amoureux ! L'équipe est intervenue à ce moment. Hélène est venue aussitôt près de moi. Elle ne comprenait pas pourquoi je n'avais pas pu me défendre. J'étais très bon au corps à corps. Elle a vu mes pupilles et a aussitôt deviné. Ton bras droit a été blessé mortellement, mais a eu le temps de te lancer son arme. Hélène t'a mis en joue, tu as été plus rapide. L'un des membres de l'équipe a tiré sur ton frère qui allait m'abattre, alors que je tenais son corps dans mes bras, alors que j'entendais ses derniers mots. Je ne sais pas quand tu as disparu derrière la porte cachée dans le lambris. On avait monté une équipe très réduite. On avait ce qu'il fallait pour te faire tomber et tu devais être seul. On ne savait pas qu'il y avait un tunnel. Il n'était référencé sur aucun plan et on n'avait rien vu sur les relevés satellites. Les autres cabanons sont construits dessus.

— Moïra, c'est bien toi en effet ! Je reconnais tes intonations et ton regard. J'ai compris que c'était ta compagne à son regard apeuré lorsqu'elle est venue te sauver ! C'est pour cela que je l'ai tuée, tu m'appartiens ! Si j'en crois le regard de ta nouvelle conquête, elle ne savait rien de ce que tu viens de raconter. C'est quoi déjà ton nouveau nom ?

— James Mac Alister !

— Je me suis renseigné sur toi, James, après cette malencontreuse aventure. Moïra Mac Alister – Valke, à l'époque, embauchée dans mon entreprise sous le nom de Moïra Brolin. Tu semblais être une excellente agente, aussi bien sur le terrain que comme pirate informatique, ça ne doit pas être simple d'être devenu un simple agent du BEI ! La section criminelle, ça doit être d'un ennui mortel… Je sais que tu as prévenu l'équipe qui travaillait avec toi ce jour-là, mais ils ne pourront rien cette fois. La maison est protégée. S'ils devaient tenter d'entrer par la porte ou les fenêtres, elle exploserait avec nous tous dedans. S'ils découvrent la nouvelle entrée du tunnel, une alarme me le signalerait aussitôt et la maison exploserait quelques minutes après, afin qu'ils soient pris dans l'explosion ! Les Sorciers ne peuvent pas non plus se téléporter, tu vois les meubles ? Ils sont tous armés et prêts à tirer sur quiconque se téléporterait ici. Il n'existe aucun champ de protection qui peut les protéger lors d'une téléportation. Bref, revenons-en à nous et à l'affaire Tuamotu, c'est ironique. La plupart de mes contacts transitaient par là-bas.

— Comment crois-tu que nous ayons eu des renseignements sur toi ! Pourquoi crois-tu que je me suis fait passer pour ta secrétaire !

— La mini-jupe t'allait mieux que le jean ! Bien, puisque c'est bien toi, je vais pouvoir faire d'une pierre deux coups. Je vais t'enlever ta compagne une deuxième fois, mais avant je pense que je vais m'amuser un peu avec vous deux. On n'a pas vraiment eu le temps à l'époque et ta copine est jolie aussi. On lui injectera la dose ensuite. Ne sois pas jaloux, je te réserve la même. Une excellente qualité, une merveille, tu verras. Albert que tu vois près d'elle est un excellent chimiste. Avance un peu, James.

— *Ne bouge pas, on arrive. Empêche-le d'avancer.*

Jimmy se sentit soulagé, il n'était pas certain de se contenir encore longtemps.

— Laisse-la tranquille, Karl, je ferais ce que tu veux ! Je ne te frapperai pas, cette fois !

— Tu me plais toujours autant.

— Me voilà rassuré, j'ai eu un doute l'espace d'un instant, la moustache...

— Elle me plaît beaucoup. En fait, le jean ne te va pas si mal. Tu es à moi avant tout. Je vais laisser mes comparses s'amuser avec elle pendant que nous reprendrons où nous en étions restés. Tu les combleras ensuite.

Un éclair de téléportation enclencha les tirs des faux meubles. Ils furent absorbés par le bouclier d'énergie déployé par la ceinture du Veilleur. Ce dernier utilisa son arme à laser pulsé pour détruire les meubles. Dolorès donna un grand coup à son geôlier qui s'assomma sur la table. Elle arracha aussitôt le tuyau du cathéter et le menotta. Solène et Alex se précipitèrent dans la chambre pendant que Jimmy maîtrisait l'homme qui l'avait fait entrer. Jack faisait obstacle à Karl, le regard particulièrement menaçant. L'insigne, l'arme qui n'existait pas sur la Terre et la ceinture qu'il arborait laissèrent Karl sans voix un long moment. Peu de malfaiteurs avaient affaire avec le Veilleur directement. Alex et Solène étaient venus à bout des trois personnes cachées dans la chambre. L'équipe dans le tunnel avait arrêté les cinq gangsters qui le gardaient. Jimmy avançait vers Dolorès, lorsque Karl tenta d'attraper sa prisonnière. Elle fut plus rapide et lui enfonça l'aiguille de la seringue dans le bras.

— Ne bougez pas ! Elle n'est pas de bonne qualité ! C'est même la pire de tout ce que j'ai pu voir en sept ans aux stups ! Votre chimiste est un charlatan et en plus il ne sait pas piquer ! Ne menacez plus jamais l'homme que j'aime. Iel n'est pas un jouet ! Iel n'est pas à accrocher à votre tableau de chasse qui s'arrête aujourd'hui ! Je n'hésiterai pas à envoyer la sauce, alors, mains derrière le dos et à genoux ! Très doucement !

Karl obéit et Solène le menotta. Dolorès retira l'aiguille et déposa la seringue sur la table. Jimmy l'enlaça et l'embrassa langoureusement. Lorsqu'iels terminèrent leur baiser, Dolorès posa un genou à terre, elle tenait toujours les mains de son compagnon.

— James Mac Alister, je suis sincèrement désolée que tu aies eu à revivre de douloureux moments pour venir à mon secours. Je fais la promesse, en ce jour, de ne plus jamais laisser quelqu'un te faire du mal. Jimmy, je t'aime et j'aimerais passer le reste de mes jours près de toi. Alors, puisque que dans ton monde cela semble possible, je vais te le demander officiellement, veux-tu m'épouser ?

Jimmy tomba à genoux, iel la contempla un instant devant le regard amusé de ses compagnons et l'embrassa en essayant de répondre.

— On n'a pas bien entendu.

— Tu vas avoir un autre mariage à célébrer, Jack ! lui répondit-iel avec un large sourire.

— Ce sera avec plaisir, Jimmy. Et si vous voulez quitter le BEI, j'ai du boulot pour vous deux.

— On va y réfléchir. Montre-moi ton monde, Jimmy. Karl parlait beaucoup et ce qu'il a décrit paraissait merveilleux. Si on omet les personnes comme lui…

— Nos deux mondes ne sont pas si différents sur ce point. Je t'emmènerai chez moi, si Jack me l'autorise.

— Montre-lui. Elle semble prête à découvrir que les Humains ne sont pas seuls sur la Terre. Comment connais-tu le pronom « iel » ? Il est très peu usité dans cette partie du monde, pour l'instant.

— Karl l'utilisait pour l'une des personnes qui se trouvaient dans la chambre. Il m'a expliqué que cette personne ne s'inscrivait pas dans un genre défini, comme Jimmy. Ça semblait tellement naturel, alors que chez nous c'est toujours si compliqué. J'ai aussi entendu Solène l'utiliser tout à l'heure, je n'y avais pas prêté attention sur le moment.

Dolorès et Jimmy ne rentrèrent chez eux que quelques heures pour préparer leurs bagages. Un hélicoptère les emmena au nord de l'Angleterre non loin d'un petit village protégé. Jimmy l'emmena à pied jusqu'au centre du village où se trouvait sa maison natale. Iel était ému lorsqu'iel ouvrit la porte de la petite demeure en pierre. Dolorès semblait émerveillée devant les bâtiments d'une autre époque et par le fait qu'aucun n'était verrouillé. Jimmy sourit en entrant, iel pensait trouver la maison poussiéreuse, cela faisait 6 ans qu'iel n'était pas venu. Le Veilleur avait veillé à ce qu'elle soit prête à les recevoir. Iel entra le premier, une photo qui datait de ses premières noces était toujours affichée dans l'entrée.

— Vous étiez belles, toutes les deux.

— Je me reconnais à peine. Tant de choses ont changé. C'est étrange de revenir ici, après toutes ces années.

Iel allait décrocher le cadre lorsque Dolorès l'en empêcha.

— Tu as eu une vie avant nous, avant de devenir Jimmy. Ne la renie pas ! Hélène était ta compagne, elle t'aimait, alors laisse la photo. Elle est aussi ta vie, elle est aussi une partie de toi.

— J'avais peur qu'elle te gêne.

— Elle ne me gênera jamais.

Iel l'embrassa avant de lui faire visiter le reste de la maisonnée. Iels s'installèrent dans le salon où du thé glacé les attendait, ce qui amusa lea [4]propriétaire des lieux.

— Il est temps de t'expliquer certaines choses. Je suis né en 1960, le 15 octobre. Mes parents sont morts dans un accident alors qu'ils visitaient Londres en 1979. Un chauffard les a renversés, c'est pour cela que je n'aime pas les voitures. Jack a une maison non loin du village, même s'il n'y vient que très rarement, je le connais depuis mon enfance. Il m'a aidé à surmonter ça. J'ai travaillé avec lui et l'équipe d'Alex. J'ai rencontré Hélène sur une enquête en 1980. On œuvrait aussi pour l'Ordre de Valaquenta, une organisation qui s'occupe des zones protégées et de ses habitants. On n'était rattaché à aucune organisation, ce qui nous donnait l'avantage d'être plus libre de mouvement que les Nations Unies. Jack nous a unis en 1982. C'est grâce à lui et à son union au début du XIXe siècle avec une femme veruruisce, un peuple aquatique, que les personnes qui s'aiment peuvent se marier sans distinction, dans les zones protégées. Et puis, il y a eu l'affaire Tuamotu. Cela faisait un moment que je voulais me transformer, je ne me sens ni homme ni femme, mais je me sens plus à l'aise dans un corps plus masculin. Je ne

[4] Article défini inclusif, permettant de désigner les personnes sans distinction de genre. Il est aussi utilisé comme COD.

supportais plus les regards qui s'arrêtaient à mon tour de poitrine. On en avait discuté avec Hélène, ça ne changeait rien pour elle. Jack m'avait soutenu, Alex et son équipe aussi. J'ai sauté le pas après cette histoire. Les traitements et opérations sont bien plus courants dans notre partie du monde. Ça a été assez simple. La médecienne de Jack a supervisé le tout et je suis devenu James. La maison près de Lille a été mise à ma disposition. Ses propriétaires m'ont beaucoup aidé aussi. Ils ne sont pas humains non plus. Ils aident les gens comme moi à s'intégrer dans le monde des Humains. J'ai ensuite rejoint le BEI grâce à Alex. J'imagine que tu as des questions.

— Alex a raison, tu pourrais aller moins vite dans tes explications ! On a tout notre temps. Tu as résumé 40 ans de ta vie en quelques mots décousus, Jimmy ! J'ai donc beaucoup de questions, le taquina-t-elle. La première : d'où viennent tous ces peuples ?

Jimmy lui sourit. Iel avait tellement peur qu'elle lea rejette, qu'iel oubliait qu'elle utilisait maintenant les pronoms non genrés, qu'iels allaient s'unir devant le Veilleur et qu'iels allaient vivre ici, dans une zone protégée.

— La Terre est une terre d'asile pour beaucoup de formes de vies extraterrestres. Nous venons de différentes planètes qui ont pour la plupart été détruites. L'Ordre des Veilleurs, dont Jack fait partie, est une organisation interplanétaire qui a pour mission de protéger tous les êtres vivants sur toutes les planètes de cette galaxie. Ils possèdent une arche de sauvetage qui a déposé nos ancêtres ici, il y a quelques millénaires pour certains et quelques siècles pour d'autres. Les Veruruiscs sont les derniers arrivés. Tous vivent dans des zones protégées comme celle-ci. Les Humains non initiés ne peuvent pas les voir. Peu d'entre nous vivent dans leur monde. C'est plus facile pour nous, les Britanéens, parce que nous avons la même physionomie, seule notre longévité nous trahit. Quelques Sorciers aussi. Ce n'est pas le cas pour la plupart des peuples, même les Sorciers ont des particularités anatomiques. Ils doivent prendre garde que leurs partenaires ne les trahissent pas s'ils décident d'avoir des rapports intimes. Imagine un peu si un Humain non initié se retrouvait nez à nez avec un Centaure, un Lutin ou autre.

Dolorès sourit en imaginant la scène.

— J'ai hâte de découvrir ton monde et tous ses habitants, répondit-elle les yeux émerveillés.

« La crise raciale, une avocate et des souvenirs d'une mission humanitaire. »

(Myriam SUPPLICY, péceocienne 2020)

Myriam SUPPLICY

J'accompagne mes personnages avec un regard bienveillant et pétillant. Celui-là même qui provoquera sourires et larmes quand vous lirez les aventures de mes non-héroïnes et non-héros.

Autrice réaliste contemporaine, j'écris beaucoup de dialogues. Inspirée par des bribes de conversation, je mets quiconque au défi de retrouver la phrase de base (réellement prononcée) dans le texte qu'elle a engendré.

J'ai la tête pleine d'histoires, que je publie régulièrement pour compléter ma bibliographie.

Retrouvez-moi dans...

• « Infernale Angélique », 2018, roman féminin.

• « Derrière la porte du médecin », 2018, Recueil de nouvelles médicales.

https://myriamsupplicy.blogspot.com/

Sur Facebook : Myriam Supplicy

ET DEMAIN, LA PAIX DANS LE MONDE ?

Les sirènes hurlantes me tirent de ma lecture. Au moins cinq véhicules d'urgence passent devant chez moi. Un coup d'œil au coin de mon écran m'informe qu'il est 16 h 01. J'essaie de me replonger dans mes dossiers, mais mon cerveau s'évade.

Demain, ma fille fêtera ses 26 ans. Elle est chez ses grands-parents à Paris. Pour ne pas la déranger en pleine nuit, je la contacterai dans vingt-quatre heures environ. Avant cela, je dois assurer pour ma soirée avec Jimmy Fallon au Rockfeller Center.

Jimmy Fallon... Il m'a invitée pour son *Tonight Show*. Je ne compte plus mes interventions dans les médias. Rien que depuis l'homicide de George Floyd, j'ai fait huit plateaux télévisés et quinze interviews radiophoniques. Ici, déjà une trentaine de policiers ont été blessés dans les affrontements avec les manifestants. Si seulement ces émeutes pouvaient mener à une prise de conscience générale !

Je me demande comment papa réagit à cette actualité. Ma carrière de défenderesse des Blacks aux États-Unis doit le torturer chaque jour. Lui qui souhaite toujours m'épargner la misère du monde… Mais c'est à cause de lui si j'en suis arrivée là !

Quand j'ai voulu partir creuser des puits au Tchad après l'obtention de mon bac, il m'a barré la route :

— Si tu veux aider les autres, deviens avocate ! Comme moi.

Il n'a rien lâché. Mais j'ai hérité de sa ténacité : une fois mon CAPA en poche, j'ai rejoint mon amie d'enfance sur le terrain. Oh, Nila ! Que deviens-tu ?

Je me connecte à Facebook pour avoir de ses nouvelles.

Cette fille a tellement la bougeotte ! Il y a trois mois, les réseaux sociaux me révélaient qu'elle menait une campagne de sensibilisation auprès des autorités érythréennes pour obtenir des mesures d'accompagnement pour la population en cas de confinement.

Une notification. Je souris. Nila a publié sur mon mur il y a deux heures :

— Ma très chère Stéphanie, le 16 juin, ce sera aussi un peu ta fête, car sans toi, Doudou ne serait pas la merveilleuse jeune femme que j'adore. Je t'écris aujourd'hui, car demain je serai dans l'avion.

Son message me touche. Elle ne rate aucun anniversaire, même si on ne se voit jamais. Difficile de trouver un créneau pour une rencontre entre ses missions à l'autre bout du monde et mon agenda américain à la cour…

Machinalement, je déroule le fil des actualités. Ma Doudou a publié un selfie avec sa marraine. Nila est donc en repos à Paris ! Je like la photo.

Je n'ai plus qu'une envie : voir encore le visage de mon amie. Aucune image d'elle ne figure sur son compte. Elle utilise les réseaux sociaux pour partager les causes qui lui tiennent à cœur.

Je me lève de ma chaise pour aller chercher mes archives personnelles. À peine l'ai-je quitté que mon ordinateur me sonne. Un appel zoom ! D'un clic, mon écran affiche ma fille chérie sur le canapé de ses grands-parents :

— Tu ne dors pas, ma Doudou ?

— Il n'est que 22 h 20. Beaucoup trop tôt pour se coucher la veille de mon anniversaire.

— Tu continues cette tradition d'être debout à minuit pour profiter pleinement de ton jour ?

— Absolument. Mais dis-moi, maman, qu'est-ce que tu fais sur Facebook au milieu de ta journée de travail ? Tu n'es pourtant pas accro aux réseaux sociaux.

— Je ne t'apprends rien si je te dis que les anniversaires me rendent nostalgique.

— Tu as sorti les albums ?

— J'allais le faire quand tu m'as appelée.

Nila apparaît sur l'écran :

— Tu as des photos de nous ?

J'éclate de rire.

— Coucou Nila, je suis ravie de te voir. Comment vas-tu ?

— Très bien, je passe une merveilleuse soirée avec Doudou. J'attends encore deux heures pour fêter avec elle.

— Ici, demain commence plus tard.

— Oui, mais je suis née à Paris. Ne mélange pas les fuseaux horaires s'il te plaît, maman.

— Tu veux attendre avec nous ? me propose Nila.

— Jusqu'à minuit ? D'accord, c'est justement l'heure à laquelle je dois me préparer pour mon rendez-vous.

— Tu sors après 18 heures ? Les tribunaux seront fermés. T'as un mec ?

— J'ai pas mal de demandes d'interview ces temps-ci, tu t'en doutes. Mais ne parlons pas de moi. Qu'est-ce qu'on pourrait faire toutes les trois avec un océan entre nous ?

— J'aimerais bien voir des photos de nous.

— C'est vrai, Nila, je vais les chercher.

Je me lève et dépose le portable sur mon lit. Ce sera plus confortable pour des papotages entre filles. J'extrais un épais volume de la bibliothèque. Avant de retourner face à la caméra, je sers l'album sur mon cœur. Je respire son odeur. Je caresse le cuir de sa couverture. J'exécute toujours cette chorégraphie avant de plonger dans mon passé, mais je préfère que personne ne me voie. Avec lui dans les bras, je m'installe. Les filles poussent un « ah ! » de satisfaction.

J'aspire une grande bouffée d'oxygène avant d'ouvrir le livre de mes souvenirs. Je décroche délicatement la première photo pour la leur montrer :

— Vas-y Nila, raconte cette scène à Doudou.

— Oh là là ! Je portais le t-shirt d'Aquarundi.

— Qu'est-ce que c'est ? demande ma fille.

Elle connaît toute l'histoire, mais seulement ma version. Pour une fois, sa marraine donnera d'autres informations.

— Aquarundi est l'ONG pour laquelle je travaillais. Regarde le look de ta mère ! Elle venait de débarquer.

Elles s'esclaffent sur mes vêtements d'aventurière.

— Bravo Nila, un point pour toi. Doudou, si tu veux égaliser, donne-moi la date de mon arrivée au Burundi.

— La date ? C'était deux ans avant ma naissance. 1992 ?

— Exact, octobre 1992 à Bujumbura.

Je leur présente d'autres clichés du début de mon séjour, où l'on voit Nila à l'œuvre.

— Qu'est-ce que tu faisais exactement, marraine ?

— Notre but était de faciliter l'accès à l'eau pour les habitants. Tu vois cette photo ? C'est le groupe que j'encadrais.

— Tu étais leur cheffe ?

— Pas vraiment, mais mon master pro en sciences et techniques hydrauliques m'a permis de leur filer quelques tuyaux.

— Et maman ne faisait pas partie de ton équipe ?

— Non, ses connaissances en droit l'ont rendue plus utile ailleurs.

Par un demi-sourire, je remercie mon amie de sa brève réponse. Elle ne souhaite pas remuer le couteau dans ma plaie, mais elle ignore que la page suivante est remplie de photos de Aaron. Je ne m'y attarde pas et cherche une autre image où figure Nila...

— Maman, j'aimerais connaître l'opinion de ma marraine sur lui.

Je retourne en arrière et présente la double page à la webcam. Nila se racle la gorge.

— Aaron était un Tutsi brillant et plein d'ambition pour son pays. Il avait besoin de ta mère pour réaliser son rêve. Avec son groupe, il voulait construire le lycée de la réconciliation. En plus des branches habituelles, les étudiants y recevraient des leçons de bienveillance ethnique, afin que les deux peuples construisent des liens solides et indivisibles entre eux pour un avenir du Burundi sans tension.

— Toi, tu y croyais à cette utopie ?

Nila me jette un coup d'œil désemparé :

— Pour rendre le monde meilleur, nous avons besoin de rêveurs. Comment pourrais-je douter de son projet, alors que j'ai déjà passé des décennies à apporter des denrées alimentaires aux peuples les plus pauvres du monde ? Et je continuerai à le faire toute ma vie.

J'entends l'émotion dans la voix de mon amie. Je prends le relai :

— Dans tous les cas, les deux communautés croyaient à cette utopie. Elles se disputaient même pour que la construction de ce collège se fasse sur leurs terres.

— Et c'est là que tu es intervenue, maman. Trouver un lieu acceptable pour tous, négocier un consensus, afin de bâtir l'école d'une paix future.

À la page suivante, je découvre ma dernière photo avec Nila sur le continent africain. Je la détache pour en faire un gros plan. Comme nous gardons le silence, c'est Doudou qui marque un point.

— La fête pour l'ouverture du chantier du lycée.

— C'était plutôt la première séance de chantier. Tu vois le mec à côté de moi ? C'était le contremaître. J'étais venue dire au revoir à ta maman.

— Tu partais où ?

— Une semaine plus tard, je livrais des vivres dans un camp de réfugiés à la frontière du Soudan.

— La dernière fois que tu portais ton flamant rose, laissé-je échapper.

Nila caresse le bijou sur l'écran.

— Il est où ce collier ? s'inquiète ma fille. Le flamant rose est ton animal fétiche depuis toujours. Tu l'as perdu ?

— Non, elle me l'a donné. Au moment des adieux, elle me l'a glissé dans le creux de la main. J'ai protesté, mais elle a posé son doigt sur mes lèvres. Elle a chuchoté « Pour te porter bonheur ».

— Pour lui porter bonheur avec Aaron, n'est-ce pas ?

— Oui, c'est à cela que je pensais.

— Tu étais au courant pour eux deux ?

— Oui.

— Pourtant, maman dit toujours que leur histoire s'est résumée à quelques nuits d'extase, sans laisser de trace. Enfin presque ! Il n'y a aucune photo de leur amour.

— Stéphanie ! s'indigne Nila. Comment tu parles à ma filleule ! Juste quelques nuits d'extase ?

Je riposte :

— Elle est majeure et vaccinée.

— Sans laisser de trace ? On dirait que tu parles d'un produit pour les vitres ou d'un rouleau de PQ !

Doudou coupe court à notre altercation :

— Mais alors comment tu savais ?

Nila sourit :

— À quoi ça sert une meilleure amie ?

Je remets la photo à sa place.

— Et alors, il est où ce collier maintenant ?

— Je ne l'ai plus, ma Doudou.

Je respire profondément avant de poursuivre.

— Fin septembre 93, je l'offrais à Aaron à l'aéroport. Il aurait besoin de plus de chance que moi. Je ne devais faire qu'un aller-retour en France, le temps d'obtenir un visa longue durée pour le Burundi.

Je soupire.

— Je n'imaginais pas ma vie sans lui. Et je désirais plus que tout voir les effets du lycée de la réconciliation...

Je ne peux plus parler. Ma fille se charge de conclure l'histoire :

— Enfin, ça, c'était sans compter sur le coup d'État du 21 octobre 1993, le massacre des Tutsis, le génocide des Hutus, la guerre au Rwanda...

J'entends une grosse voix hors champ de la caméra :

— Allez les gamines, poussez-vous pour que je puisse parler à ma fille.

Je vois la large carrure de mon père expulser Nila loin du canapé et reléguer Doudou en bordure de mon écran.

Je souris :

— Bonsoir papa, comment vas-tu ?

— Stéphanie, j'ai une chose à te dire.

— Je t'écoute.

— La semaine passée, j'ai reçu un courrier qui t'était adressé personnellement.

— Chez vous ? Mais cela fait presque trente ans que je n'habite plus chez vous.

— Un peu moins. Ton adresse officielle est restée ici durant ton périple en Afrique et elle n'a changé que quand tu es partie fâchée.

— Que s'est-il passé ? demande Doudou qui ne rate décidément pas une occasion de se taire.

— Quand j'ai annoncé à Papi que mes nausées n'étaient pas uniquement liées aux inquiétudes pour mon compagnon, il a mal réagi.

— Qu'est-ce qu'il a fait ?

— Il m'a rappelé qu'il était contre ce voyage depuis le début. Que, si c'était pour partir en Afrique une année et revenir avec un enfant dans le bidon, il avait commis une erreur en me payant des études de droit. Et que ma vie serait dorénavant remplie de couches-culottes et de baby-sitters.

— J'ai vraiment dit ça ? demande mon père, gêné.

— Oui, je m'en souviens comme si c'était hier. Je t'ai même demandé si les couches-culottes et les baby-sitters étaient tout ce que tu retenais de moi. Je leur ai promis de devenir mère et de réussir ma vie, puis j'ai claqué la porte.

— Et comment t'es-tu débrouillée sans eux ?

— J'ai trouvé un logement dans une cité et je suis devenue commis d'office. Les affaires de vandalisme, tous les voleurs à l'étalage, les pickpockets et les petits dealers tombaient chez moi.

J'interromps mon récit quelques instants en repensant à mes anciens clients.

— J'ai rencontré des jeunes exceptionnels. C'est d'ailleurs grâce à l'acquittement pour meurtre de l'un d'eux que j'ai été remarquée par le cabinet Gibson et Morrison à New York !

Je jette un coup d'œil à un carton entreposé au sommet de mon dressing.

— Combien de courrier de remerciement ai-je reçu de la part de gens qui ne savaient même pas écrire ?

— En parlant de courrier, me coupe mon père, je peux continuer ?

Ramenée instantanément dans le présent, j'acquiesce :

— Vas-y, je t'en prie.

— J'avais décidé de te remettre cette lettre la prochaine fois que je te verrai en vrai, mais après avoir entendu vos différents récits, je suis obligé de t'en parler maintenant.

Il me regarde fixement. Quel orateur de talent ! Il tient tout le monde en haleine pour une erreur de la poste ou un courrier égaré.

— Sache que même si elle t'était personnellement adressée, je l'ai ouverte pour vérifier ce qu'elle contenait.

— Pourquoi as-tu fait cela, papa ?

— Je ne veux pas que tu sois blessée inutilement. Elle vient d'Afrique et je craignais que ce soient des charlatans qui te réclament de l'argent. Adeline, va la chercher dans le deuxième tiroir du buffet.

Ma fille sursaute à son véritable prénom, mais applique sans broncher les consignes de son grand-père.

— Le courrier sous les serviettes de table. Amène-le-moi, s'il te plaît. Non, ne regarde pas !

— Mais il y a quelque chose de dur à l'intérieur.

Doudou se tient devant le canapé. Quand mon père tend la main, je la vois mettre l'enveloppe hors de sa portée

— Allez donne-moi ça, ne fais pas l'enfant.

J'ai envie de hurler, mais ma gorge est sèche depuis que je connais le continent d'origine de ce pli.

— La lettre vient du Rwanda. Elle est datée d'il y a quelques semaines.

Je ne respire plus.

— Elle commence ainsi : « Stéphanie, nous ne nous connaissons pas, mais je vous permets de vous écrire. Je m'appelle Bérénice et je suis la femme de Aaron. Il m'a dicté ces mots il y a trois jours… »

Mon cœur arrête de battre. Aaron n'est pas mort assassiné entre 1993 et 1994 ? Pourquoi n'a-t-il jamais donné de nouvelles ? Pourquoi a-t-il épousé une autre femme ? Et pourquoi est-ce elle qui m'écrit ?

Malgré l'émotion, mon père poursuit sa lecture. J'ai raté un bout. Concentre-toi Stéphanie, ce n'est pas le moment de flancher.

— « … J'ai effacé toutes mes traces pour survivre. J'ai changé d'identité en passant la frontière. »

Et moi qui avais remué ciel et terre pour te retrouver. Heureusement qu'une bonne âme m'avait prié d'interrompre mes recherches pour ne pas te mettre en danger…

— À la fin de la guerre, j'ai travaillé à la reconstruction du Rwanda. Avec l'aide de Bérénice et des siens, nous avons monté un centre de réconciliation, pour que les anciens voisins d'ethnies différentes puissent à nouveau cohabiter, malgré tous ces crimes.

Il y a quelques mois, je me suis associé avec *Ejo hazoza*, l'organisation pour la paix au Burundi. Tu connais leurs gens, puisque c'est par eux que j'ai eu de tes nouvelles. Ils m'ont appris que tu étais leur plus fidèle donatrice. Je suis profondément touché que tu sois restée attachée à la réalisation de notre rêve. »

Mon père plie la feuille. Ma fille demande :

— Et c'est quoi, dans l'enveloppe ?

— Attends Doudou, je veux entendre la fin de la lettre d'abord.

Mon père me regarde sans comprendre :

— Stéphanie, ma chérie, j'ai tout lu.

— Mais pourquoi est-ce son épouse qui écrit ?

Il hésite :

— Tu n'as pas entendu le début ?

Nila rejoint mon père sur le canapé. Ses yeux sont humides.

— Stéph, ma Stéph...

Elle marque un temps d'arrêt.

— Aaron est décédé.

Seule, dans ma chambre new-yorkaise, je pousse un hurlement de détresse. Je l'avais perdu pendant des décennies, il m'a été rendu quelques minutes, puis assassiné une nouvelle fois. C'en était trop. Mon corps est secoué de sanglots. Je ne vois plus rien, n'entends plus rien. Le monde s'écroule.

Quand je finis de sombrer dans le désespoir, je relève la tête, le visage dégoulinant de larmes, de sueur et de morve. Mes proches de Paris sont toujours de l'autre côté de l'écran. Je bafouille :

— De, de quoi est-il mort ?

— Bérénice parle d'une forte fièvre.

Les seuls mots qui me viennent à l'esprit sont :

— Et merde !

Je repars dans une marée de pleurs. À quoi bon échapper à des machettes, des génocides, pour reconstruire la paix et finalement se laisser décimer par une maladie.

Dans mon brouillard d'incompréhension, j'entends Nila m'ordonner d'aller boire. Comme un automate, je m'exécute. J'attrape une bouteille d'eau à côté de mon lit et j'avale quelques gorgées qui me font du bien. Je récupère aussi un mouchoir pour essuyer mon visage et vider mon nez.

Je reprends ma place face à la webcam.

— Ah maman, tu as l'air en meilleure forme.

J'esquisse un sourire, qui ressemble plutôt à une grimace de douleur. Cependant, cela rassure suffisamment ma fille pour qu'elle reparte à l'offensive :

— Alors est-ce qu'on peut savoir ce qui se cache dans la lettre maintenant ?

Mon père me jette un regard inquiet. Je cligne des yeux. Il s'empare de l'enveloppe et, avant de renverser son contenu, il déclare :

— Un cadeau qui m'a permis, ce soir, de savoir que ce n'était pas une arnaque ou une usurpation d'identité.

Un pendentif flamant rose atterrit dans sa main.

Doudou applaudit. Mon amie ne quitte pas des yeux le bijou retrouvé. Mon père le lui donne et ordonne à sa petite-fille de se calmer.

— Adeline, assieds-toi à la place de Nila, que ta mère te voit. J'ai quelque chose à vous dire à toutes les deux.

Je ne suis pas certaine de pouvoir supporter une nouvelle révélation aujourd'hui.

— Adeline, tu as terminé ta formation d'infirmière. L'IFSI, c'est du passé. Tu m'as parlé de ton projet de partir à l'étranger pour sauver des gens.

— Je ne vais pas bien loin. Juste en Méditerranée avec Sea-Watch pour empêcher les réfugiés de mourir noyés.

Il lui sourit avec bienveillance.

— Ton père et ta mère se sont battus et se battent encore pour la réconciliation entre deux peuples. J'avoue, je ne les ai jamais soutenus dans leurs démarches. Au contraire, chaque fois que ma fille me réclamait des fonds pour le Burundi, je mettais la somme demandée sur un compte d'épargne.

— Pourquoi faisais-tu cela, Papi ?

— Je croyais que c'était une lubie et je voulais lui démontrer qu'elle perdait son temps et son argent. Le jour où elle abandonnerait cette cause, je lui aurais montré le montant qu'elle aurait économisé si elle m'avait écouté.

Il se retourne vers moi.

— Aujourd'hui, je suis content que tu sois restée sur tes positions.

Il prend une grande inspiration.

— Ma chérie, toute ma vie, j'ai pensé que les guerres civiles, c'était pour les pays pauvres, les malfamés, les peu-instruits. Mais aujourd'hui, j'ai découvert que pendant des années, il y a eu une guerre civile dans ma propre famille. Entre les gens qui ont le cœur ouvert pour les autres et ceux qui se ferment les yeux avec la bonne conscience d'aider des hommes d'affaires richissimes à plumer leurs concurrents.

Je hausse les sourcils. Je ne m'attendais pas à ce que le flamant porte-bonheur m'apporte la chance de voir mon père faire son *mea culpa*.

— Alors Doudou, ma petite-fille chérie, si ton souhait est de soutenir cette association en mer Méditerranée, l'argent que ta mère m'a fait économiser par son entêtement (il m'adresse un clin d'œil), je te le donne.

« Juillet... vraiment ? Plutôt les quatre saisons ! »

(Nathalie BRUNAL, péceocienne 2020)

Nathalie BRUNAL

Passionnée de lecture depuis ma plus tendre enfance, je suis passée, un peu par hasard, de l'autre côté du miroir en juin 2017. Mes livres me ressemblent puisqu'ils sont saupoudrés d'humour, d'amour et d'espoir. Une vie sans humour serait tellement triste… Mon but premier est de permettre aux lecteurs de s'évader et d'oublier ses soucis. Ma belle aventure a commencé sur Amazon et se poursuit chez France Loisirs depuis mai. Un rêve devenu réalité.

Retrouvez-moi dans…

- « Les tribulations d'Hortense », 2018, Humour

- « Un Noël saupoudré d'espoir », 2020, France Loisirs, Feelgood/humour

- « L'intégrale Anna et Roger », 2018, Feelgood/humour

Sur Facebook : Nathalie Brunal

Nouvelle de Nathalie BRUNAL

UN MOIS DE JUILLET AUX SAVEURS PARTICULIÈRES

Ma valise est prête depuis la veille. J'y ai entassé comme d'habitude tout et n'importe quoi, de peur de ne pas posséder la bonne tenue au cas où… Je ne suis pas ce que l'on peut appeler une accro du shopping. Mon dressing déborde, mais rien d'exubérant. Des jeans, des tee-shirts, des sweat-shirts et des baskets le composent. Je m'habille comme une ado alors que je n'en suis plus une depuis… Houlà… Je préfère ne pas compter, cela me donne le vertige !

Malgré tout, j'ai fait quelques achats pour ces vacances tant méritées. Je n'en avais d'ailleurs pas pris depuis des siècles ! J'exagère quelque peu, je ne suis pas si vieille !

Travailler dans un cabinet-comptable n'est pas de tout repos surtout lorsque comme moi, on a les chiffres en horreur. Et c'est peu dire… Bien sûr, je vous rassure, je sais qu'un et un font trois. Je plaisante, ça fait quatre ! Rhoo, OK, vous n'avez pas d'humour… Ça fait deux depuis la nuit des temps ! Les nombres, c'est barbant ! C'est toujours la même chose ! On ne peut pas ajouter un brin de folie sinon ça tourne au vinaigre. Saupoudrez une déclaration d'impôts d'un peu de pep's, vous verrez le résultat ! Cette petite touche d'originalité sera très mal perçue... Enfin, bref... Eux et moi, nous sommes le jour et la nuit ! D'ailleurs, c'est réciproque, ils me détestent aussi. Ils s'amusent à me rendre chèvre. Je ne compte plus le nombre de migraines et de crises de nerfs dont ils sont responsables !

Que voulez-vous, j'ai une âme d'artiste. Du reste, je ne me souviens pas avoir vu des chiffres sur un tableau de Monet ou de Van Gogh. J'avais intégré une école d'art malgré les réticences de mes parents. « Que feras-tu avec un tel diplôme en poche ? », « Tu mangeras tes pinceaux en fin de mois quand tu n'auras vendu aucune toile ! », « Tu finiras par peindre les murs chez les gens pour payer ton loyer ! »

J'en ai entendu des remarques... Quelques-unes très blessantes. D'autres limites drôles : « Tu sortiras vite de ton cube si tu n'as pas le talent de Picasso ! » Qu'ils étaient amusants ! Ils possédaient quelques connaissances en ce domaine qu'ils m'ont resservies à toutes les sauces, néanmoins leur fille n'était pas assez douée pour subsister grâce à son art. Comment aurais-je dû le prendre ? Avec le sourire... ?

Les ai-je crus ? Les ai-je laissés m'entraîner sur un chemin qui n'était pas le mien ?

Je ne les accuse de rien, bien au contraire... D'ailleurs, que Dieu ait leurs âmes. Après leur décès quelque peu soudain, je ne pouvais vivre que de chagrin et de souvenirs… Il a donc fallu que je trouve du travail. Je n'ai pas fait la fine bouche. De toute façon, avais-je le choix ? J'ai déployé le journal ce matin-là sur la table de la cuisine, et en fermant les yeux, j'ai posé mon doigt au hasard sur la page des offres d'emplois. C'est ainsi que j'ai intégré le cabinet Seth à Troyes. Je sais… Pour des comptables, ça ne s'invente pas…

Bon, allez, je bavasse, mais le train ne va pas m'attendre ! Juillet est enfin là. Tous vont se précipiter vers le soleil. Pour ma part, je pars à l'aventure. Au diable les voyages organisés, je renoue avec l'imprévu ! Cela me changera de ma routine. Internet m'a grandement aidée. De fil en aiguille ou plutôt de clic en clic, j'ai découvert un endroit magique. Je ne pensais même pas qu'un tel lieu existait. Il s'appelle le « Paradis des rêves ». Avouez que rien que le nom donne envie. En tout cas, pour moi, ce fut le cas. J'ai rempli le formulaire et réservé ma place dans la foulée. En plus, cerise sur le gâteau, il se trouve sur une petite île à quelques heures d'ici. Accessible en train, puis en bateau, j'ai hâte d'y être !

Après avoir pesté après les enfants qui courraient partout dans le wagon, fusillé leurs parents du regard et soupiré après ceux qui pensent que le train leur appartient, me voici arrivée à l'embarcadère. Mon bagage posé à mes pieds, je scrute l'horizon. Un petit point qui semble se rapprocher apparaît. J'écarquille les yeux d'étonnement en apercevant une sorte de radeau en rondins. La peur s'immisce en moi. Je ne sais pas nager et ce truc me paraît peu sûr.

Un bonhomme ventripotent saute sur le quai avant de m'apostropher :

— Alors ma petite dame, c'est vous qui souhaitez voir vos rêves devenir réalité ?

— Euh… je… c'est-à-dire… J'ai juste réservé trois semaines au « Paradis des rêves ».

— C'est tout dit pareil. Allez, montez ! Pedro vous mènera à destination !

Il saisit ma valise puis m'invite à enjamber le rebord.

— Bon, qu'est-ce qu'il y a ? me demande-t-il en voyant mon hésitation.

— Vous êtes sûr que cette planche ne va pas couler ?

— Une planche ? s'étonna-t-il. Où ça ?

Il m'observe en plissant les yeux avant de reprendre :

— Avec les voiles, nous y serons en deux temps, trois mouvements.

Houlà, il a bu quoi au petit-déjeuner le marin d'eau douce ? Ne voit-il pas les quelques rondins qui se battent en duel ? Je n'ai pas signé pour mourir noyée. Mon existence n'est pas folichonne, cependant j'y tiens !

— Ah ben oui ! S'exclame-t-il. Vous êtes une coincée du bulbe !

— Pardon ? croassé-je en entendant cette insulte.

— Vous êtes obtus. Vous ne voyez pas plus loin que le bout de votre nez. Ouvrez votre esprit.

— L'ouvrir ? m'étonné-je.

Je m'imagine avec un ouvre-boîte en train de libérer mon imagination de ma boîte crânienne. Le résultat n'est pas bluffant…

— Respirez et regardez !

— Que dois-je voir ?

— Un voilier.

— Un voilier ?

— Aussi sûr que deux et deux font quatre, vous apercevrez notre moyen de transport.

Je soupire avant de fermer les yeux puis inspire profondément avant de soulever doucement les paupières. Ce que je découvre alors me laisse sans voix. Un magnifique bateau, les voiles battant au vent, flotte sur l'eau calme.

— Alors, vous le voyez ?

— Je… Oui… mais comment est-ce possible ?

— Un doigt d'imagination, deux soupçons de fantaisie et trois fois rien de folie.

En l'entendant prononcer les ingrédients indispensables pour retrouver son âme d'enfant (car c'est de cela qu'il s'agit) je m'interroge. Est-ce que je possède réellement de l'imagination, de la fantaisie et de la folie ?

Indéniablement, j'avais tout cela avant que l'on me coupe l'herbe sous le pied. Pourrais-je, en laissant mon esprit s'évader, récupérer pleinement ces capacités… ?

— Vous restez à quai ou vous me rejoignez ?

Pedro me tend sa main que je saisis. En deux secondes, je me retrouve sur le pont. Vais-je me réveiller ? Tout cela existe-t-il vraiment… ?

Après avoir navigué sur une eau calme, nous arrivons à bon port. Pendant que Pedro qui a trop chaud ôte sa chemise, je sors un gilet de ma valise.

— Vous avez froid ? M'interroge-t-il, surpris.

Son ventre grassouillet recouvert de poils me fait regretter de ne pas être myope.

— Vous devriez raser tout cela, proposé-je, l'air de rien. Ça doit vous tenir chaud !

— V'là une bonne idée ! On en ferait un manteau ! Il pourrait vous être utile.

— Ne vous moquez pas, je suis gelée. Il y a au moins quinze centimètres d'épaisseur cotonneuse là-bas.

— De la neige ! S'esclaffa-t-il. Z'avez un grain, vous ! On est en juillet.

— Ben oui, justement. J'ai payé pour du soleil, moi !

— Remarquez, faire un bonhomme de neige en cette saison, ce serait original.

Je me retiens de l'étriper et soupire.

— Pourquoi suis-je en hiver alors que vous, non ?

— Très bonne question…

Je m'avance menaçante vers lui, ce qui a le don de lui délier la langue.

— Ma petite dame, nous ne sommes pas responsables de ce qu'il y a dans votre cœur.

Je plisse le front me demandant ce que mon palpitant vient faire là-dedans.

— Ne vous expliquez surtout pas ! m'énervé-je.

— Pour venir jusqu'ici, il fallait avoir gardé son âme d'enfant, mais pour le temps sur cette île, il faut avoir le cœur empli de joie.

— Alors, vous voulez dire que…

— Que votre vie est triste et sans saveur.

Bon, si je l'écoute, il devient urgent de prendre rendez-vous chez un psychiatre, car la dépression n'est pas loin… Pourtant, je ne me porte pas si mal… OK, je ne me fends pas la poire chaque jour, mais chacun fait avec ce que la vie lui a donné.

— Oula, pas si vite ! Je ne vous juge pas, alors faites-en autant !

— Loin de moi cette idée, toutefois sans une once de gaieté, vous demeurerez en hiver.

— Je veux rentrer bronzée de mes vacances. Me pavaner devant mes collègues qui seront aussi blancs que des cachets d'aspirine. Les éblouir de ma bonne humeur. Leur faire regretter de ne pas avoir été les premiers à poser leurs congés.

— Les éblouir de votre bonne humeur ? Sérieux ? Une chose est sûre pour ce détail, ils n'auront pas besoin de lunettes de soleil.

— Ah, ah, ah ! Dites-moi quand je dois rire !

— Vous êtes une grincheuse, vous ! Étiez-vous déjà un bébé grognon ?

— Où est le responsable ? m'agacé-je.

— Pour quoi faire ?

— Pour me plaindre, pardi ! Je voulais trois semaines de vacances au soleil ! Et je vais me retrouver à faire des boules de neige en plein été !

— C'est le monsieur là-bas.

Je suis son doigt des yeux en plissant le front.

— Celui qui est assis devant un verre de vin ?

— Affirmatif.

— Alors à nous deux, mon gaillard !

Pedro m'aide à retrouver le plancher des vaches qui vont d'ailleurs être mortes de froid à cause de moi. Pour une végétarienne, vous avouerez que ça ressemble à un acte criminel... Des flocons qui tourbillonnent à nouveau dans l'air ajoutent petit à petit de l'épaisseur à la couche cotonneuse.

D'un pas ferme, je m'approche de lui. Enfin, j'essaye, car en tong sur la neige, ça glisse. J'aimerais préserver ma dignité en arrivant devant lui sur mes jambes.

— C'est vous le responsable ? demandé-je abruptement.

— Bonjour, Arshath pour vous servir. Vous êtes ?

— Nina, pas pour vous servir.

Mais pourquoi ai-je dit cela ? Sûrement parce qu'il me trouble. Ses yeux posés sur moi semblent brûler ma peau. D'un coup, j'ai beaucoup trop chaud. Je déboutonne mon gilet au moment où Pedro passe à mes côtés.

— Ça chauffe d'un coup !

— De quoi je me mêle ? lui crié-je alors qu'il s'éloigne.

— Avez-vous un souci ? m'interroge-t-il.

— Euh oui… Pourquoi neige-t-il ?

— Je vois… Vous avez un léger décalage.

— Léger… Ça dépend de quel côté on se trouve… Je dirai plutôt qu'au moins trente degrés nous séparent.

Je le détaille des pieds à la tête sans aucune discrétion. Vêtu d'un short en jean et d'un débardeur, je suis du regard une goutte de sueur qui sinue le long de sa joue. Finalement, la température monte plutôt vite. J'enlève mon gilet avant de m'éventer du plat de la main.

— Eh bien ! Apparemment, on arrive au printemps ! s'esclaffe-t-il.

Mes joues se teintent de rouge tandis qu'il m'étudie. Je ne suis pas un canon de la beauté… Petite, quelques rondeurs féminines dispersées un peu partout sauf là où il le faudrait… et un visage que je qualifierai de passe-partout. On se souvient rarement de moi et ça m'arrange.

— J'ai besoin de me rafraîchir, dis-je soudainement.

— Oh, vraiment ? Ce serait dommage, vous n'êtes pas encore en été… Avec quelques degrés de plus, qu'enlèveriez-vous… ?

— Mes tongs, réponds-je du tac au tac.

— Bien joué, Nina. Vous me plaisez.

Je lui plais… Dans quel sens… ? Genre, tu pourrais être une amie sympa ou genre, on pourrait se réchauffer mutuellement sous les draps ? Je m'emballe… surtout que je n'entre sans doute pas dans les critères qui l'attirent chez une femme. D'ailleurs, j'ai toujours trouvé cela dégradant. On ne choisit pas quelqu'un pour sa beauté même si elle permet de captiver l'autre dans un premier temps. C'est sa façon d'être, son aura, son sourire, son rire qui tinte comme du cristal, ses prunelles qui vous déshabillent, ce besoin irrépressible qui l'oblige à revenir vers vous… Ce sont toutes ces petites choses assemblées qui font que l'on tombe amoureux. Et je ne dis pas ça, car c'est tout ce qui peut charmer un homme chez moi !

— Bon, on va jusqu'à votre bungalow.

— Euh… Déjà ?

— Il faut y déposer vos affaires. De plus, vous vouliez vous rafraîchir.

— Oui, oui, bien sûr…

Le ridicule ne tue pas et heureusement pour moi. En tout cas, j'ai dû lui faire une première bonne impression du tonnerre ! Arrivée en tong alors qu'il neige et qu'il est censé faire quarante degrés… En plus, en aboyant et en le détaillant sans aucune gêne… Il gardera un souvenir impérissable de ma petite personne.

En gentleman, il saisit ma valise et m'invite à le suivre. Nous déambulons dans le Paradis des rêves. J'y découvre des gens de toutes sortes. Certains sont en maillots de bain tandis que d'autres en bottes en caoutchouc s'abritent sous un parapluie. Je suis soudainement rassurée en voyant un groupe portant des doudounes. Ainsi, je ne suis pas la seule à n'avoir que de la tristesse dans le cœur.

— Ne vous inquiétez pas, avec un peu de confiance en vous, vous serez bientôt en été.

— De la confiance… Je n'en possède pas une once. Il faudrait que je paye pour en avoir un minimum.

— Quel est votre métier ?

— Comptable. Tout le monde ne peut pas être comme vous, responsable d'un centre de vacances quelque peu particulier sur une île.

— Je suis kiné, me confie-t-il.

— Kiné ? Alors pourquoi êtes-vous là ?

— Me croiriez-vous si je vous disais que c'est à cause d'un auteur et de sa bêta-lectrice ?

— Mais bien sûr ! Et la marmotte met le chocolat dans le papier d'alu !

— Mais ça aussi c'est vrai ! me réplique-t-il.

— Ouais, c'est ça... marmonné-je. Je ne suis pas stupide !

Contrarié par ma réaction, il shoote dans un caillou qui se trouve devant lui. M'en voulant immédiatement, car je le trouve fort sympathique, j'ajoute :

— Bon, admettons... Et cet auteur ?

— Oh, deux fois rien... Un pari ridicule... En même temps, j'étais un peu dans la panade, donc l'un dans l'autre, ça me permet de prendre du recul sur la situation. Il y avait cette histoire avec Cattell... qui... Passons... Être un personnage de roman est parfois si difficile. On subit sans avoir une grande marge de manœuvre.

— Arrêtez de vous payer ma tête ! Parce que là, je ne suis plus qu'à deux doigts de l'asile psychiatrique.

— Je suis désolé… Je vous pensais différente des autres… Je suis un incompris.

— Ne le sommes-nous pas tous ?

— Très certainement sinon cet endroit serait désert !

— Bon, revenons-en à nos moutons. Vous êtes réellement kiné ?

— Oui… oui, regardez, je suis fait pour masser ! me répond-il en me montrant ses mains.

En imaginant la chaleur de ses mains sur ma peau, je viens de gagner en un temps record au moins cinq degrés.

— Il fait chaud, non ? lui demandé-je.

— Je ne masse pas les gens pour leur faire du bien, se moque-t-il en m'adressant un clin d'œil. J'appuie là où ça fait mal pour qu'ensuite, ils aillent mieux. Et puis, mes patients sont en général à la retraite. Il n'y a donc rien d'excitant à malaxer leur peau fripée.

L'image qui me vient à l'esprit me fait froid dans le dos. Un nuage se matérialise au-dessus de moi. Surprise par cette apparition, je lève la tête. Bien mal m'en a pris puisque celui-ci libère sur moi des gouttes de pluie. Je pousse un cri de stupeur tandis qu'Arshath éclate de rire.

— Il nous manquait l'automne, vous avez fait le tour de la question.

— Ça va durer encore longtemps cette histoire ? dis-je en m'ébrouant comme un chien.

— Jusqu'à ce que vous trouviez le bon tempo.

— Je suis une piètre danseuse…

— Cessez donc d'être négative. Vous n'avez pas que des défauts… Concentrez-vous sur vos qualités.

Il attrape ma main et me fait tourner sur moi-même avant de se coller contre moi. Ses mains se posent alors le long de mon corps et suivent les lignes de ma silhouette. Mes pommettes rougissent, je manque d'air, très embarrassée par la situation.

— Voyons, le repoussé-je. Nous ne nous connaissons pas et nous ne sommes pas seuls…

Quelle cruche ! Pourquoi ai-je ajouté ces derniers mots ? Autant allumer un panneau sur lequel serait inscrit : « Je suis célibataire ! » Oui, je le suis… Quelques collègues masculins ont tenté leur chance, mais l'humour d'un comptable et moi, ça fait deux. Lors de ces pseudo rencards, je ne suis pas morte de rire, mais plutôt de honte. Après trois essais, j'ai purement décliné les invitations de ceux qui travaillaient chez Seth. J'aurais pu au moins leur laisser leur chance dans un cinq à sept, parce qu'il faut tout de même tester la marchandise, cependant j'ai préféré ne pas donner de suite.

— Je ne voulais pas vous mettre mal à l'aise…

— Ce n'est pas le cas… Je me mets moi-même dans des situations inextricables.

Nous poursuivons notre chemin quand une enseigne attire mon attention.

— Y a-t-il un atelier de peinture sur l'île ?

— Comment pourrait-il en être autrement ? Regardez autour de vous. Cet endroit est magnifique. Les paysages sont à couper le souffle. Les couchers de soleil sont romantiques à souhait et les criques paradisiaques.

Je m'approche de la vitrine en posant mes mains de chaque côté de mon visage, afin d'occulter le reflet, pour pouvoir regarder à l'intérieur de la boutique. Mes doigts fourmillent puis se mettent à bouger en découvrant les toiles de toutes tailles.

— Vous êtes peintre ?

— Je le fus à une époque... celle-ci est révolue depuis longtemps... J'ai même l'impression qu'elle n'a jamais existé.

— Pourquoi avez-vous arrêté ?

— Pour payer le loyer et remplir le frigo. Je reconnais qu'en ne l'approvisionnant pas, j'aurai quelques kilos en moins.

Il tourne autour de moi et s'écrie :

— Où sont-ils ?

— Qui ça ? demandé-je.

Je ne suis peut-être pas encore en été, mais au moins, je n'ai pas attrapé d'insolation, ce qui ne doit pas être le cas de ce responsable de pacotille.

— Vous auriez dû mettre une casquette.

— Et vous devriez cesser de monter sur un pèse-personne.

— Alors que cherchiez-vous ?

— Vos kilos en trop.

— Pff, n'importe quoi ! Les avez-vous trouvés ?

— Non. Soyez plus indulgente avec vous-même. Personne n'est parfait.

— C'est facile de dire ça pour quelqu'un comme vous. Vous êtes sûr de vous. Vous êtes un fin psychologue qui met le doigt sur ce qui cloche sans se tromper. Vous avez le don de mettre les gens en confiance. Je ne suis pas tout cela.

— Je ne vous demande pas de me ressembler. Je recommande toujours aux clients qui viennent ici de prendre une feuille blanche et un stylo. Vous tracez deux colonnes puis vous les remplissez.

— Que faut-il y noter ?

— Ce qui vous plaît chez vous et ce que vous aimeriez changer.

— Et si on ne gribouille que la colonne des « on n'aime rien »…

— Eh bien, on reste en hiver et on finit en thérapie !

— Un super programme...

— Vous devriez prendre du temps pour vous ressourcer. Vous pourriez réaliser une peinture que j'accrocherais dans mon cabinet.

— Ne mettez-vous pas la charrue avant les bœufs ?

— J'ai confiance en vous.

— Je n'ai pas touché à un pinceau depuis très longtemps. Je serai peut-être juste capable de tracer un trait orange au milieu de la feuille.

— Vous n'êtes pas si pessimiste finalement.

Ne comprenant pas où il veut en venir, je l'invite du regard à poursuivre.

— Votre trait est orange pas noir, alors il reste de l'espoir.

— Bien sûr qu'il est orange, je rêve de soleil !

— Il viendra quand il aura illuminé votre cœur.

— Alors, ces trois semaines seront les plus longues de ma vie.

Nous nous arrêtons devant un bungalow blanc au toit bleu. Une allée de cailloux mène à la porte tandis que des jardinières de fleurs bigarrées égayent la façade. Arshath tourne la clef dans la serrure, pousse le battant et me laisse entrer.

— Vous voici chez vous.

D'un regard, je fais le tour du rez-de-chaussée. De petites fenêtres laissent entrer la lumière. Une cuisine américaine se situe sur ma droite. Le salon donne sur une terrasse qui me permettra de me reposer au soleil si celui-ci daigne enfin pointer le bout de ses rayons.

— Qu'en pensez-vous ?

— J'aime beaucoup. L'aménagement est bien pensé, les couleurs sont apaisantes et la terrasse est un plus appréciable.

Il m'écoute parler en souriant.

— Quoi ?

— Sur cette île, c'est votre imagination qui donne vie à votre intérieur.

— Ah…

Je me retourne à nouveau vers la pièce et soupire de soulagement en voyant que rien n'a bougé.

— Qu'est-ce que cela signifie ?

— Vous amorcez un virage afin de faire la paix avec vous-même.

— Houlà, ne nous emballons pas ! Ce n'est pas Byzance, non plus ! On reste dans du basique bas de gamme genre ce qu'on trouve chez *Ikea* !

— Vous recommencez à vous dénigrer. Pourquoi faites-vous cela ?

— Je ne le fais pas consciemment… La peinture était pour moi libératoire. Depuis que je ne peins plus, je garde tout enfoui en moi. Je suppose que ça finit par me ronger et que ça me gangrène de l'intérieur.

Je repousse avec une moue de dégoût l'image qui me vient en tête. Y a-t-il de la moisissure sur mes organes ? Sont-ils en train de se rabougrir tout comme moi qui vivote dans une vie qui ne me ressemble guère ?

— Un triste constat… marmonne-t-il, dépité. Tiens, revoilà le nuage !

Je m'élance vers le sentier tentant de le semer, en vain. Il déverse sur ma tête une averse digne de ce nom. Trempée jusqu'aux os, je rebrousse chemin et retrouve Arshath qui ne peut s'empêcher de rire.

— Arrêtez de vous moquer de moi !

— Au moins, ça vous a rafraîchi les idées.

— Elles n'avaient pas besoin de ça…

— Il ne tient qu'à vous de modifier les choses…

— Ce fichu nuage me poursuivra-t-il tant que je ne me serai pas débarrassée de ma noirceur… ?

— Hélas, oui. Toutefois ce n'est pas difficile d'ajouter un peu de joie dans son quotidien.

J'aimerais le voir à ma place, tiens ! C'est insurmontable, car si ça ne l'était pas, il n'y aurait pas autant de gens autour de nous avec une écharpe et un bonnet.

— Allez-vous changer. À cette heure-ci, le soleil qui se moire dans l'eau lui donne une couleur particulière.

— Pourquoi me dites-vous cela ?

— Parce que les toiles qui sont posées sur la table attendent que vous laissiez votre imaginaire les transformer en œuvres d'art.

— Elles peuvent attendre longtemps... rétorqué-je, surprise de voir le matériel nécessaire à un peintre sur la table de la cuisine.

— Je vous invite à dîner ce soir.

— Pourquoi ?

— Vous m'êtes sympathique... J'ai envie de mieux vous connaître...

— Alors, j'accepte votre invitation.

— Pas si vite... Nous dînerons ensemble ce soir seulement si vous déposez à côté de mon verre de vin le tableau qui ornera le mur de mon cabinet.

— Ça marche ! Au fait, blanc.

Devant son air interrogatif, j'ajoute :

— Le vin. Blanc. Le rouge, ça tache !

Je referme la porte, bien décidée à trouver la tenue idéale pour aller à la plage.

Parée pour cette expédition, je quitte le bungalow chargé comme un mulet. Étant donné que je subis les assauts des quatre saisons en moins de dix minutes, j'ai pensé à tout, enfin je l'espère. J'arrive essoufflée à la plage. J'installe le parasol, sors le parapluie que j'ai emporté, déplie la chaise et positionne la toile sur le chevalet. Une casquette sur la tête, les lunettes sur le nez et enduite de crème, je fixe l'horizon. Cette vue est magnifique. Le ciel et la mer se fondent sans que je puisse discerner l'un de l'autre. Quelques nuages moutonneux s'effilochent laissant des traînées telle une chevelure flottant au vent. Le soleil que je découvre pour la première fois depuis que je suis là joue avec l'étendue bleutée. Les reflets chatoyants qui se moirent dans l'eau m'obligent à plisser les yeux malgré mes verres solaires.

Ma respiration s'apaise lorsque je me concentre sur le bruit des vagues. Sans même m'en rendre compte, j'attrape un pinceau et dessine des contours en mélangeant les couleurs. Quelques enfants qui jouent près de moi attirent mon attention. Leur cerf-volant soulevé par une brise légère virevolte et danse en suivant les courants d'air. Je me souviens de mon enfance, de la plage que l'on retrouvait chaque été à la même période. Le goût de la crème glacée à la vanille titille mes papilles. L'odeur des embruns enivre mes sens. Il me semble entendre la voix de ma mère lorsque celle-ci me demandait de ne pas trop m'enfoncer dans la mer. Mon père me prenait la main et courait avec moi dans les flaques d'eau laissées par celle-ci lorsqu'elle se retirait à marée basse. Mon cœur bondit de joie dans ma poitrine. Ces souvenirs ont le goût du bonheur. Il me ramène à une période de ma vie où j'étais heureuse. Ai-je fait de mauvais choix ? À quel moment, suis-je devenue cette femme irascible et terne ? Puis-je encore changer ?

Je m'attarde sur la toile que j'ai gribouillée. Je m'aperçois alors que je n'ai pas perdu la main, bien au contraire. Ce tableau, si je le termine, aura été peint avec mes tripes, avec ce que j'étais avant que la vie ne décide pour moi. J'apporte quelques touches de couleur par-ci, par-là, puis m'attarde sur les détails. Être le plus proche de la réalité est l'objectif à atteindre. Je regarde l'heure, surprise d'être là depuis si longtemps. Je ne peux me permettre d'être en retard au restaurant. Je n'ai rien mangé depuis mon départ de la maison et je meurs de faim.

Je me lève puis me recule afin de contempler mon chef-d'œuvre, car pour moi, c'en est un. Je l'ai peint avec mon cœur. De plus, il a permis au soleil de revenir dans ma vie. Fière de ce que je découvre, je souris. Je remballe mes affaires avant de remonter le chemin jusqu'à mon bungalow. Lorsque j'arrive devant celui-ci, je pense m'être trompée, car il a changé de couleur. Je cherche le numéro afin de me rassurer puis insère la clef dans la serrure qui se déverrouille. Il était blanc, le voilà rose. Bien malgré moi, j'entonne : *« Quand il me prend dans ses bras, il me parle tout bas, je vois la vie en rose… »*

Je me déshabille et file sous la douche avant de revêtir la robe à fines bretelles que j'avais achetée pour ces vacances. Lorsque je m'observe dans le miroir, je me trouve presque jolie. Un je ne sais quoi de nouveau pétille dans mes prunelles. Cette île était-elle vraiment magique ? Peut-on grâce à elle réveiller ce petit plus qui sommeille au fond de nous et qui nous permettrait d'être heureux ? Je laisse ces questions en suspens, car j'ai envie d'avoir un regard extérieur sur ma toile.

Je m'apprête à sortir lorsque je me ravise. Par souci de ne pas me trouver au dépourvu, je troque mes sandales contre des bottes en caoutchouc, attrape un ciré et un parapluie. Ce nuage capricieux qui se promène au-dessus de ma tête n'aura pas le dernier mot.

Je chantonne jusqu'au restaurant puis m'arrête en voyant Arshath assis en terrasse. Le short a été remplacé par un jean et le débardeur par une chemise blanche. D'un seul coup, la température augmente. Mon ciré me tient chaud. Je l'enlève prestement avant d'avoir l'impression d'être dans un sauna.

J'inspire profondément afin de me ressaisir et traverse la route. Je pose le tableau à peine sec sur la table à côté de son verre de vin blanc.

— Vous êtes enfin en été ! constate-t-il, ravi. Nous voici sur la même longueur d'onde.

Il s'attarde sur la toile puis me sourit.

— Cette œuvre d'art siégera en face de mon bureau dans mon cabinet. Ainsi, je penserai au Paradis du rêve, à notre rencontre et à cette soirée.

— Elle vous plaît vraiment ?

— Ne vous sous-estimez, car il y a un nuage en approche !

Je me retourne en paniquant :

— Où est-il ? dis-je en m'abaissant.

Le rire d'Arshath me fait prendre conscience qu'il se moque de moi une fois de plus.

— C'est vous, n'est-ce pas ?

Il m'indique du doigt la fillette sur le tableau.

— Oui, avec mes parents... Des réminiscences du passé qui ont la saveur des jours heureux.

— C'est bon parfois de se rappeler ce qui a fait de nous ce que nous sommes.

— Je suis d'accord avec vous. Se réconcilier avec soi-même, avec son passé pour mieux se tourner vers l'avenir.

— Et si on trinquait ?

Il me tend un verre que je saisis. Nous entrechoquons nos boissons en souriant.

— À notre rencontre, m'exclamé-je.

— À la profonde réflexion qui vous a permis de renouer avec ce que vous êtes !

Que suis-je réellement... ? Le saurai-je un jour ? Je me tance en me disant qu'à chaque jour suffit sa peine. Profitons de l'instant présent, car la vie est courte et précieuse.

Le soleil qui décline à l'horizon colore le ciel d'un dégradé d'orangés. Il me fait penser au cocktail que je buvais lorsque je sortais en soirée. J'avale une gorgée sucrée, ravie d'être ici et certaine que ces vacances seront inoubliables.

★

« Les tribulations aoutiennes et quotidiennes d'une grande prédatrice… »

(Angeline MONCEAUX, péceocienne 2020)

Angeline MONCEAUX

Angeline Monceaux aime mélanger rêve et réalité. Sa vie et les sujets qui lui tiennent à cœur guident et inspirent ses romans. Comme pour ses lectures, ses écrits sont en tout genre. Ses devises « respect et entraide » l'ont incitée à créer le groupe Facebook « Auteurs et Cie » où se côtoient Lecteurs, Auteurs, Blogueurs, Correcteurs et Graphistes. Jeune quinquagénaire, elle est heureuse d'avoir réalisé son rêve et se considère toujours comme une apprentie auteure. Angeline voue une éternelle gratitude à ses enfants et ses lecteurs pour leur soutien.

Retrouvez-moi dans…

- « Emma – Une mariée par correspondance », 2020, Romance historique

- « Le linceul de la Peur », 2019, Contemporain/violence conjugale

- « La Meute d'Amarok », 2017, Fantasy urbaine/Bit-lit

https://amzn.to/3nLEbEx

Nouvelle de Angeline MONCEAUX

ÉPEIRE EN AOÛT

Je distingue la lune qui se cache derrière le somptueux et immense catalpa, elle est encore très basse en ce mois d'août, ce sont les prémices de la nuit et le signal que je vais devoir me mettre au travail si je veux subsister encore quelque temps.

La nature qui m'entoure est magnifique, peuplée d'une faune et d'une flore incroyable, mais elle est impitoyable et je suis bien placée pour le savoir.

Les couleurs qui m'entourent se transforment en cette lueur rose-orangé du coucher de soleil. Chaque jour apporte des tons nouveaux, toujours aussi stupéfiants.

Je connais par cœur et j'admire cet environnement qui est pourtant le mien depuis si peu de temps.

Je surveille le hérisson qui vient se repaître tous les soirs des croquettes du chat. Il est discret, malin et plus rapide qu'on ne le croit. Il m'amuse, il bascule la gamelle et déguste son repas gratuit. Toutefois, dès qu'il entend des voix, il se met en boule et ne bouge plus en croyant certainement que personne ne s'apercevra de sa présence. Ce qui est ridicule, il est énorme et même caché sous le banc, on ne peut pas le manquer.

Je me marre, il doit se dire :

— je suis en boule, pas un mouvement, je deviens invisible…

N'importe quoi, quel gros bêta celui-là !

Il a vite fait de disparaître dès qu'il y a du monde sur la terrasse. Vous seriez surpris de sa vitesse lorsqu'il prend la fuite.

En revanche, il ne craint pas la chatte qui vient réclamer sa nourriture. Il faut reconnaître qu'elle partage volontiers, enfin, avec lui. Apparemment, ils ont une entente tacite…

Madame Méow, la sauvageonne, a tout de même des goûts de luxe. Elle préfère ses bouchées ou sa terrine à ces petites pièces colorées peu appétissantes. Toutefois, elle s'en contente durant la journée, sachant qu'elle n'aura rien d'autre avant le soir.

Je ne comprends pas cet engouement pour cet animal, franchement, elle n'a aucune reconnaissance pour ses bienfaiteurs.

Elle les laisse l'approcher lorsqu'elle vient réclamer de quoi se rassasier. Dès qu'elle a obtenu ce qu'elle désire, elle les fuit comme la peste. Malgré tout, le couple l'admire comme un objet sacré. Quelle ironie ! Elle se moque bien d'eux. Son seul intérêt est d'être nourrie sans se fatiguer à chasser sa proie.

Si vous pouviez la voir la journée : elle se roule devant eux et déploie tout son charme en miaulant, espérant obtenir un supplément de nourriture. Son intelligence est remarquable, mais je ne suis pas certaine qu'elle ait toutes ses facultés. Elle se comporte étrangement, mais bon, c'est un chat sauvage, son instinct de survie pourrait sans doute expliquer ses incompréhensibles attitudes.

En tout cas, c'est bizarre ! Elle était bien en chair il y a quelques semaines et maintenant son ventre pendouille. À mon avis, elle a mis bas, mais je suis surprise qu'elle soit là tous les jours. Et parfois, elle reste même toute la journée. Pourquoi abandonne-t-elle ses petits ?

Quand je vous dis qu'elle n'est pas vraiment nette cette chatte ! Elle n'a pas la lumière à tous les étages. Mais je reconnais qu'elle est mignonne avec son pelage gris et ses taches blanches, cependant la beauté ne se mange pas non plus en salade.

Je viens d'avoir la réponse à ma question, j'ai aperçu un des chatons chez le voisin. Il ressemble comme deux gouttes d'eau à sa mère. Même pelage, en un peu plus pâle, tacheté de blanc. Finalement, elle ne s'éloigne quand même pas trop de sa progéniture.

Je vois régulièrement beaucoup de lézards et ils ont eu des petits. Ces idiots, pas les bébés, mais les adultes plongent parfois dans la piscine et ne sont pas capables d'en sortir. Ils peuvent remercier l'homme au bon cœur qui les repêche et ne les laisse pas se noyer. Alors eux, on ne peut pas dire qu'ils gagneraient un concours de beauté.

Les merles ont pratiquement disparu depuis que le prunier ne leur fournit plus de succulents fruits. Il y en avait pourtant une multitude qui avait pris possession des lieux, sauf quand madame Méow apparaissait. Leur ego et leur impétuosité peuvent parfois leur coûter la vie.

Je viens encore d'en voir un s'exploser la tête contre la baie vitrée. Il pensait certainement voir un rival alors que ce n'était que son reflet dans la fenêtre. L'homme et la femme semblaient attristés par l'incident et ont enterré l'oiseau sous le catalpa.

En tout cas, je ne sais pas si c'est en corrélation, mais depuis le départ des merles, il y a une recrudescence des frelons asiatiques, il faut dire qu'ils adorent les figues et que l'arbre en est couvert.

Les tourterelles, ces deux-là, je ne sais pas ce qu'elles fabriquent, mis à part roucouler. Elles sont toujours ensemble. Si vous en voyez une, vous pouvez être certain que l'autre n'est pas loin.

Les moineaux, quant à eux, font concurrence au hérisson, car ils adorent les croquettes du chat. Quelle bande de fainéants ! Ils ne travaillent pas vraiment pour se nourrir.

Parfois, au-dessus du jardin j'aperçois le vol de deux milans. Ils semblent assez impressionnants et je préfère les savoir dans les airs.

Ce mois d'août se présente comme très chaud et humide dans le Sud-Ouest, mais je ne me plains pas, ce climat me convient parfaitement. De plus, je suis chanceuse, je bénéficie toute la journée de l'ombre du grand chêne pour me reposer, en prévision de mon activité nocturne.

Il faut dire que les journées sont assez caniculaires, mais l'arbre majestueux dont les branches fournies tombent comme un saule pleureur apportent beaucoup de fraîcheur. D'ailleurs, l'homme et la femme déplacent souvent leur table pour se mettre à l'abri du soleil.

La piscine placée au centre du terrain apporte son lot d'insectes et de moustiques. Je rigole, car j'entends tous les soirs la même sérénade :

— Ces enfoirés de moustiques m'ont encore piquée ! s'insurge la femme à son compagnon. Quant à lui, il sourit. Apparemment, ces insectes ne le dérangent nullement. C'est assez amusant, ils tournoient autour d'elle, mais ne s'approchent pas de l'homme. Elle a beau se couvrir pour se protéger, ils trouvent toujours une petite place pour s'abreuver de son sang, de vrais vampires ces moustiques. Souvent, elle s'asperge de produits répulsifs, mais sans grand succès, alors maintenant, elle allume des espèces de serpentins verts qui fument et sentent très fort, c'est vraiment très désagréable.

Et puis, il y a les voisins. Bond et Bandy. Bond, c'est un mélange de labrador et de beauceron, noir avec des taches blanches ou plutôt grises, car il est très sale. Il surveille son territoire, mais il est calme et pas vraiment agressif. Il ne faut sûrement pas s'y fier. Je suis certaine que lorsque tout est fermé, il défendrait sans hésitation et avec courage son domaine, même s'il n'y est pas particulièrement heureux. Parfois lorsqu'il est seul, il hurle comme un loup. Il semble triste et aurait certainement besoin d'une compagne.

Quant à l'autre, Bandy, un cocker, il m'horripile au plus haut point. Quand il est à l'extérieur, il aboie pour un oui ou pour un non et cela ne perturbe aucunement son propriétaire. Il a de la chance que je sois trop petite pour m'occuper de son cas celui-là… Parfois, il se sauve et le calme tant attendu s'installe, à moins que le maître se mette à écouter de la musique que l'on peut entendre à des kilomètres à la ronde. Vraiment aucun respect pour ses voisins celui-là !

Comme vous pouvez le constater, je suis entourée du matin au soir, même si je suis seule.

La solitude me convient parfaitement. Cela me permet de me reposer, de me nourrir et de travailler en toute quiétude, enfin presque.

J'œuvre principalement à partir de la nuit tombée pour me préserver des prédateurs qui ne feraient qu'une bouchée de moi. La journée, je me camoufle dans les feuilles du chêne ou dans l'écorce de son tronc, j'observe et je me repose. Le soir venu, je commence à tisser. Je bâtis une toile d'environ trente à quarante centimètres en règle générale.

Mais, depuis plusieurs jours, les humains m'observent sans relâche. Ils ont une petite lampe que l'homme pose sur son front et dont la luminosité est assez intense. La femme aime prendre des photos de ma toile. Je les ignore et je continue de m'activer pour pouvoir me nourrir. Un soir, une autre femme les a rejoints. Elle était aussi en admiration devant mon travail, mais elle ne s'est pas attardée trop longtemps.

Une fois, la femme qui se plaint toujours des moustiques a brisé ma toile juste parce qu'elle voulait voir le hérisson s'enfuir près de la piscine. Stupide humain ! Pourquoi ne reste-t-elle pas chez elle ? Normalement, je ne répare pas ma toile puisque j'en fabrique une tous les jours, mais je n'ai pas eu le choix, car je venais de terminer et n'avais pas encore pris de proie pour mon repas. Alors il a fallu que je refasse la moitié de la toile.

D'autres fois, l'homme s'amuse à souffler sur ma toile. Cela l'amuse, car je la fais vibrer et ensuite je me recroqueville sur moi-même, avant de reprendre ma position. Lorsque ma toile est terminée, je me positionne au centre et j'attends que mon repas soit pris au piège.

Un soir, un papillon est venu se coller sur la toile et la femme s'est mise à crier.

— Waouh ! regarde la rapidité à laquelle elle s'est déplacée pour l'attraper.

Franchement, bien entendu que je suis rapide, je ne suis pas une tortue.

Ces humains sont de véritables envahisseurs. Ils ne peuvent pas nous laisser tranquilles. Ils mangent sur la terrasse et, à la nuit tombée, ils ont remarqué que je tissais. Depuis, tous les jours, ils ne me lâchent plus. Je vais être obligée de changer de tactiques et de techniques et sans doute même d'emplacements pour avoir la paix. Dommage, j'adore me trouver si près de ce chêne.

Ce soir, je reste cachée. L'homme et la femme ne s'en doutent certainement pas, mais un gros orage arrive et ma toile n'y résisterait pas malgré sa solidité. Le mois d'août se termine, j'ai bien grossi, mes diverses tactiques et techniques ont bien fonctionné. Merci à mon instinct qui m'a permis de survivre si longtemps.

La méfiance est ancrée au plus profond de moi. Tous ces Don Juan qui pensent qu'ils vont pouvoir m'amadouer avec leurs petites offrandes regrettent rapidement de m'avoir approchée. Toutefois, l'un d'entre eux a été plus malin que les autres et m'a offert un gros papillon. Alors je l'ai laissé faire. Mes petits sont nés au mois de septembre, le mois de ma naissance.

Je suis consciente que la fin est proche, je suis épuisée. J'espère que la vie de ma progéniture sera aussi riche que la mienne. La nature peut être cruelle, une année pour vivre pleinement c'est court, mais je ne dois pas me plaindre, je suis chanceuse, j'aurais pu naître éphémère.

Je me prénommais Épeire, l'araignée du jardin.

★

« Nous avions rêvé de Buenos Aires en septembre. »

(Marie MEYEL, péceocienne 2020)

Marie MEYEL

Lilloise de naissance et Drômoise d'adoption, je partage mon cœur entre le Nord et le Sud.

Certains auteurs écrivent juste pour le plaisir d'écrire disent-ils. Certes, c'est déjà formidable ! J'avoue que j'écris aussi pour être lue parce que j'ai la vanité de croire que mes écrits peuvent plaire, qu'ils peuvent procurer de l'émotion, du plaisir ou même simplement permettre à un lecteur, à une lectrice de passer un moment agréable de lecture.

Retrouvez-moi dans…

- *« Je n'ai pas d'attirance pour toi »* 2019, Roman contemporain

- *« Trente ans, le bonheur m'attend »* 2020, Roman contemporain

- *« Âmes Sensibles »* 2020, Recueil de nouvelles

https://marie-meyel.fr/

Sur Facebook :Marie Meyel

Nouvelle de Marie MEYEL

PLONGEON ARGENTIN…

Madrid, 6 septembre

Après un premier vol qui l'avait emmené de Marseille à Madrid, Augustin Delannoy s'apprêtait à embarquer dans un Airbus A350. Dans un peu plus de douze heures, il atterrirait à Buenos Aires et foulerait le sol argentin. C'était d'ailleurs la première fois qu'il traverserait l'Atlantique. Il avait déjà eu l'occasion de prendre l'avion, mais ses voyages précédents l'avaient conduit en Asie, des destinations bien plus abordables financièrement.

Ce voyage était particulier, Augustin n'était pas un touriste ordinaire. Il partait travailler à Buenos Aires, il s'y installerait pour une année au moins. Peut-être y resterait-il définitivement ? Pendant des mois, il en avait rêvé en compagnie de Flora et aujourd'hui, son rêve, leur rêve, prenait forme.

Sa carte d'embarquement validée, Augustin parcourut les quelques mètres qui le séparaient de la porte de l'avion. Il répondit d'un signe de tête aux salutations usuelles de l'hôtesse qui prononçait les mêmes mots en alternant les langues, française, espagnole et anglaise. Elle regardait machinalement les passagers et leur parlait de façon mécanique avec un sourire très professionnel.

— Bienvenue à bord, buenas tardes [5], bonjour, bienvenidos[6], welcome on board[7]…

Il se dirigea vers sa place, mais fut rapidement bloqué dans sa progression par des passagers obstruant le couloir. Ils peinaient à monter leur lourde valise cabine dans les casiers prévus à cet effet. Autrefois, il aurait râlé et n'aurait pas caché son agacement, mais il avait changé. Il acceptait désormais ces minuscules contrariétés de la vie qui, au fond, n'avait aucune importance. Il patientait en silence et sans aucune marque d'empressement.

Enfin, il atteignit sa place, rangea son sac à dos et se faufila sur le siège 48 A, près du hublot. Son voisin ne tarda pas à le rejoindre. Après un furtif salut de politesse, l'un se plongea dans ses pensées, l'autre dans son portable, attendant le décollage.

Les yeux rivés sur le hublot, Augustin regardait l'aéroport disparaître et le paysage se rapetisser avant que l'avion ne rencontre une épaisse couche de nuages qui finit par masquer totalement le panorama. Il n'avait prêté nulle

---

[5] Buenas tardes : bonsoir

[6] Bienvenudos : bienvenue

[7] Welcome on board : bienvenue à bord

attention au pauvre steward qui se démenait à mimer les consignes de sécurité. Si l'avion se crashait en pleine mer, il doutait que savoir enfiler son gilet de sauvetage lui soit utile. En général, l'avion explose ou coule directement au fond de l'océan. N'a-t-on jamais entendu parler de passagers qui guettaient les secours, au milieu de l'Atlantique, engoncés dans leur gilet de sauvetage ? Augustin était convaincu qu'en de telles circonstances, aucun passager n'avait la moindre chance d'en sortir vivant. À quoi bon se préoccuper de ces consignes qui ne faisaient qu'amplifier l'anxiété des plus angoissés.

En attendant le repas dont il devinait qu'il serait servi très prochainement eu égard aux effluves qui parfumaient déjà la cabine, il laissa divaguer ses pensées vers le passé puis se reconcentra très vite sur la nouvelle vie qui serait la sienne dans une poignée d'heures. Il aurait dû être à Buenos Aires depuis un an. Il avait obtenu un poste d'affréteur maritime chez 2BAlog, une entreprise franco-argentine. Il avait été étonné par la facilité avec laquelle il avait décroché cet emploi, il avait envoyé très peu de candidatures et la deuxième avait été la bonne. Il exerçait ce métier depuis quelques années dans une société spécialisée dans le transport avec l'Asie au sein du port de Marseille. Son expérience et l'excellent contact noué avec Bertrand Albaret, le directeur de 2BAlog avaient joué en sa faveur.

Le passage du chariot, flanqué de part et d'autre d'une hôtesse et d'un steward, fut un dérivatif bienvenu pour l'éloigner de ses réflexions qui prenaient une mauvaise pente. Le personnel de bord proposait un assortiment de boissons avant de procéder à un deuxième service avec les plateaux-repas. Le service semblait toujours interminable dans les avions, mais étant donné la longueur du vol, cela apportait aussi une distraction providentielle. L'illusion que le temps s'écoulait plus vite était indéniable.

— Jugo de manzana, por favor[8], répondit Augustin à la question que lui posait le steward.

Au deuxième passage, il opta pour un bœuf bourguignon plutôt bon pour un repas servi en vol. Il était accompagné de légumes qui, pour le coup, devaient sortir directement du sachet surgelé, les carottes et les pommes de terre étaient insipides.

Les plateaux débarrassés, le calme se fit dans la cabine, les lampes s'éteignirent et les volets des hublots furent fermés. Augustin décida de dormir un peu afin d'arriver en forme à Buenos Aires. Alors qu'il somnolait, peinant à trouver le sommeil, son voisin avait rapidement rejoint les bras de Morphée, ses ronflements faisaient écho au ronronnement de l'avion.

[8] Jugo de manzana, por favor : un jus de pommes, s'il vous plaît

C'est le bruit du chariot des repas qui le réveilla, il s'était endormi sans s'en apercevoir et n'avait même pas été dérangé par la lumière qui illuminait à nouveau la cabine. Après le petit déjeuner, le pilote amorça sa descente vers l'aéroport Ezeiza de Buenos Aires.

Buenos Aires, 7 septembre

Après avoir récupéré ses bagages, Augustin se dirigea vers la station de taxis et embarqua dans une voiture noire au toit jaune qui le mena dans le quartier de San Telmo. L'hôtel qu'il avait réservé, rue Chacabuco, était proche du centre-ville et il pourrait aisément aller à pied jusqu'à la Place de Mai, la Plaza de Mayo. Cette place était connue dans le monde entier : des mères et grands-mères argentines y avaient manifesté pendant des décennies, foulard blanc sur la tête, dans l'espoir de retrouver leurs enfants et petits-enfants enlevés lors de la dictature ou de connaître la vérité sur leur disparition.

Il était tôt, le check-in était à quinze heures, mais l'hôtel étant peu rempli en ce mois d'hiver austral, il obtint sa chambre rapidement. L'hôtel le surprit, il ressemblait par certains aspects à une auberge de jeunesse : une cuisine, équipée de plaques électriques, de deux frigos et de tous les ustensiles indispensables, était mise à disposition des clients. Cela lui rappelait des souvenirs de ses voyages en Asie avec

Flora lorsqu'ils avaient visité la Thaïlande ou le Viet Nam, façon routards. Il nota une différence de taille : la population de l'hôtel était plus métissée au niveau de l'âge, les plus de cinquante ans côtoyaient les plus jeunes, en nombre égal.

Sans même se reposer, il décida d'aller arpenter les trottoirs de Buenos Aires pour prendre le pouls de la ville. Très rapidement, ses déambulations dans les rues l'épuisèrent. Il regagna sa chambre, s'allongea sur son lit et s'octroya un peu de repos. La fatigue le submergeait insidieusement. Il savait qu'il devait tout de suite prendre le rythme du pays et ne pas se coucher à seize heures même si en France, il était déjà vingt-et-une heures et que le stress du voyage, associé au décalage horaire, lui donnait envie de fermer les yeux.

Malgré ses efforts, il finit par sombrer dans le sommeil et fut réveillé en sursaut par ses voisins qui regagnaient leur chambre sans aucune discrétion. Il ouvrit un œil et consulta son portable. Il était vingt-trois heures soit quatre heures du matin en France. Il lui fallait replonger dans le sommeil au plus vite, la nuit ne faisait que commencer à Buenos Aires.

Buenos Aires, 8 septembre

Augustin avait mis du temps pour se rendormir. Ses pensées étaient confuses et avaient suivi un mauvais chemin.

Il aurait pu prendre un des somnifères que son médecin lui avait prescrits, mais il avait décidé de se libérer de cette béquille qui lui avait été si indispensable. Trop. Il avait glissé dans la dépendance assez rapidement, mais depuis deux mois, il tentait, nuit après nuit, de se passer totalement de ces pilules magiques. Il avait supprimé aussi de sa trousse à pharmacie les divers psychotropes qui l'abrutissaient. Son médecin lui avait pourtant renouvelé son ordonnance, lui conseillant de ne pas arrêter son traitement brutalement, mais il n'avait pas écouté ses préconisations, préférant se fier à sa petite voix interne qui le poussait à retrouver l'ancien Augustin, celui qui n'avait peur de rien, celui qui se croyait invincible, celui qui aimait la vie plus que tout. Et il faut bien le dire, il était sur la pente de la réussite. Certes, il lui était arrivé d'avaler un somnifère, surtout au début, mais aujourd'hui, il se sentait totalement délivré de cette pharmacopée qui avait pris trop de place dans sa vie allant jusqu'à étouffer complètement sa personnalité.

Depuis deux mois, Augustin, le battant, revenait. Sa première décision avait été d'honorer ce contrat qui l'attendait à Buenos Aires. Il avait craint que le poste ne soit définitivement perdu, mais c'était à croire qu'aucun Français spécialiste en logistique n'était prêt à quitter la France pour tenter l'aventure en Argentine. Il faut surtout dire que le contact avait été facile avec Bertrand Albaret, le directeur de 2BAlog et le courant était bien passé. Une véritable relation d'amitié était née par écrans interposés. Les deux hommes se ressemblaient sur bien des points malgré la différence d'âge.

Augustin aurait dû prendre son poste en novembre, mais Bertrand avait été tellement séduit par les compétences professionnelles d'Augustin qu'il avait préféré attendre près d'un an plutôt que de renoncer à cet élément qui lui semblait si prometteur. Il était d'ailleurs resté constamment en contact avec lui et si Augustin avait enfin franchi l'Atlantique, c'était parce que Bertrand l'avait convaincu de laisser le passé derrière lui et d'aller de l'avant. Reprendre ses projets était fondamental.

En août de l'année précédente, Bertrand avait lancé une phase de recrutement pour sa société de logistique qui opérait entre la France et l'Argentine. Son bras droit quitterait l'entreprise et le pays à la fin du mois de novembre. Trois mois ne lui semblaient pas de trop pour dénicher le parfait candidat, celui qui saurait remplacer l'homme qui le secondait depuis près de quinze ans, celui qui avait cheminé à ses côtés pour faire grandir la petite entreprise qu'il avait créée. Comptant trois salariés lors de sa fondation, 2BAlog employait aujourd'hui plus de deux cent cinquante personnes.

Augustin avait découvert l'annonce sur un site d'expatriés. Il avait été l'un des premiers à envoyer sa candidature. Bertrand tenait sa perle rare, celui qui ressemblait comme deux gouttes d'eau à son collaborateur et ami. Les autres candidatures reçues par la suite ne le satisfaisaient pas, il manquait toujours un élément, le déclic. Peut-être s'était-il trop focalisé sur Augustin. Après plusieurs entretiens en visioconférence, en compagnie de son bras droit, l'évidence était là : ce jeune trentenaire était le candidat idéal. Le hasard avait fait qu'il avait été découvert dès le début de la campagne de recrutement alors que le poste n'était à pourvoir qu'en novembre. Bertrand souhaitait que les deux hommes, l'ancien et le nouvel élément puissent travailler ensemble pendant un mois avant le départ de son collaborateur. Augustin n'était pas du tout gêné par les quelques mois d'attente, il avait prévu d'arriver fin septembre à Buenos Aires avec sa compagne et profiterait du printemps argentin pour visiter le pays.

Mais le destin en avait décidé autrement. Augustin annula son départ. Lorsque Bertrand en apprit la raison, il en fut fortement touché, mais n'abandonna pas pour autant son futur collaborateur. Il espérait qu'Augustin pourrait prendre son poste en novembre comme convenu malgré les circonstances. Mais le temps défilait et Augustin lui déclara qu'il ne pouvait plus compter sur lui, qu'il valait mieux qu'il cherche un autre candidat.

Bertrand était pris entre deux feux : Augustin était le candidat idéal, mais son bras droit partait, c'était inéluctable. Il prit alors une décision presque illogique pour un chef d'entreprise, il fit une promesse à Augustin : il l'attendrait un an de plus, s'il le fallait. Il lui suffirait d'embaucher une ou deux personnes pour le décharger de certaines tâches et, lui, travaillerait davantage, provisoirement.

Augustin ne mesurait pas la chance qu'il avait. En avril, il rencontra Bertrand lors de l'un de ses voyages en France. L'un et l'autre furent confortés dans leurs impressions. Bertrand ne s'était pas trompé ni sur les compétences professionnelles d'Augustin ni sur ses qualités humaines qui pointaient derrière le masque de douleur qu'il affichait. Au fil des mois, leur amitié s'était affirmée et Bertrand ne doutait pas qu'Augustin viendrait le rejoindre très prochainement et qu'ils formeraient un excellent duo. Cependant, le temps s'écoulait et son futur bras droit ne se sentait pas encore prêt à tout quitter pour Buenos Aires.

En juillet, Bertrand lança une sommation à Augustin : il l'attendait le 1er octobre. Il espérait que cet ultimatum le ferait réagir. Lui aussi avait connu une grande période dépressive avant son arrivée en Argentine. Une déception sentimentale l'avait laissé abattu et sans travail de surcroît. Lorsqu'il résolut de s'exiler loin de celle qu'il aimait toujours, la vie lui sembla plus facile et il retrouva le goût du bonheur. Une seconde chance lui avait été offerte et elle était belle !

Augustin entendit le message de Bertrand et décida de changer et d'avancer. Il abandonna ses nombreux cachets qui le rendaient léthargique. Il n'oublierait pas Flora, mais désormais, toutes ses décisions, toutes ses actions se feraient sous la tutelle invisible de sa compagne. Elle était toujours là, elle le protégeait et l'aimait, peu importe si elle n'était pas physiquement à ses côtés. C'est ainsi que le 6 septembre, il était monté à bord de l'Airbus qui devait le conduire à Buenos Aires pour prendre un nouveau départ.

Buenos Aires, 9 septembre

Aujourd'hui, Augustin avait à nouveau arpenté les rues de Buenos Aires, visitant les quartiers historiques, s'imprégnant de la ville et de ses habitants. Buenos Aires lui donnait à la fois l'impression d'être en Europe et ailleurs. Ses bâtiments anciens de style européen rappelaient l'apport du Vieux Continent, mais les couleurs lumineuses posées sur d'autres façades ancraient la ville dans une dimension singulière. L'identité de la ville était clairement unique, elle était indéniablement sud-américaine.

Il n'avait pas souhaité rencontrer Bertrand dès son arrivée. Il voulait d'abord découvrir Buenos Aires, seul, en touriste. Après trois jours passés à visiter Buenos Aires, un autre scénario se dessinait pour le lendemain : il consacrerait sa journée aux agences immobilières et aux concessionnaires automobiles. L'assistante de son futur employeur lui avait donné des pistes pour trouver un logement et acheter une voiture. Puis, il partirait une quinzaine de jours en direction du sud du pays. Il roulerait jusqu'à la Péninsule Valdés, une destination incontournable pour Flora. Il était encore bien tôt en saison pour apercevoir les baleines, mais il n'était pas impossible que quelques-unes aient déjà migré dans les eaux de la péninsule.

Ensuite, il rencontrerait Bertrand et intégrerait son poste pour démarrer une nouvelle vie. Il se sentait presque serein. Couché dans son lit, il se repassa une fois de plus le film du drame.

Un an auparavant, Flora et Augustin auraient dû arriver ensemble à Buenos Aires. Comme Augustin ne devait prendre son nouveau poste qu'en novembre, ils avaient prévu de s'octroyer quelques semaines sabbatiques.

Leur programme était bien arrêté : ils achèteraient une voiture à Buenos Aires et voyageraient en itinérance pendant deux mois complets avant de chercher un appartement à louer pour s'établir dans la capitale argentine. Leurs pas les mèneraient à la découverte des trésors de ce pays. Flora avait très envie de voir les baleines de la Péninsule Valdés. Les cétacés fréquentaient ses eaux froides du mois d'août au mois d'octobre. Elle espérait rencontrer aussi les manchots et les lions de mer qui commençaient à affluer en septembre. Elle avait fait une liste de tous les endroits qu'elle aimerait visiter en Argentine.

Flora avait démissionné de son travail d'infographiste et ne doutait pas une seconde de son avenir. Elle avait pour ambition de créer sa propre entreprise et pourrait aisément travailler à distance pour des clients français qui la suivraient indubitablement avant de s'attaquer au marché argentin. Il était clair qu'à la même époque, au mois de septembre, la vie leur souriait à tous les deux. À trente ans, leur avenir s'annonçait radieux.

Seul un enfant aurait pu manquer à leur bonheur, mais ils se sentaient encore jeunes et avaient envie de profiter égoïstement de l'existence. Pressés par leurs proches déjà parents et leurs familles qui s'inquiétaient, ils y avaient réfléchi et avaient convenu que devenir parents n'était pas une urgence même si l'on n'oubliait pas de leur rappeler que leur horloge biologique tournait, en particulier celle de Flora.

Aujourd'hui, Augustin était partagé entre ce rendez-vous raté et le soulagement de ne pas avoir à s'occuper seul d'un enfant qui serait traumatisé par l'absence de sa mère. Peut-être aurait-il aimé retrouver les traits de Flora dans le visage d'un enfant. Peut-être qu'au contraire cela aurait attisé sa douleur. Il était vain de se morfondre. Il ne pouvait ni revenir sur le passé ni émettre des hypothèses sur un futur qui n'existerait pas. Les regrets ne changeraient rien à ce qu'il était arrivé. Il lui fallait avancer. Ne pas oublier le passé tout en vivant le présent pour croire en l'avenir.

Cela faisait une année qu'il y pensait jour et nuit. S'exiler en Argentine rachèterait-il sa faute ? Il en doutait, mais en quittant la France, il honorait le vœu le plus cher de Flora. Il se faisait un devoir de mener à son terme le projet qu'ils avaient élaboré ensemble après avoir vu un documentaire.

Ils avaient rêvé tous les deux de cette nouvelle vie en Argentine. Les yeux de Flora brillaient alors qu'ils regardaient une fois de plus ce reportage. Elle était subjuguée par les rues colorées de Buenos Aires, les baleines et les manchots fréquentant les côtes déchiquetées, les guanacos gambadant dans la pampa, les montagnes enneigées ceinturant la baie d'Ushuaia, l'impressionnant Perito Moreno dont les blocs de glace se précipitaient dans le lac Argentino...

Elle avait réussi à le convaincre rapidement de rejoindre ce continent sur lequel elle fantasmait. Elle lui avait même parlé de Florent Pagny.

— Non, tu crois vraiment qu'il vit dans une estancia au fin fond de la Patagonie ? s'était-il moqué.

— Bien sûr, il ne s'en est jamais caché et sa femme est Argentine.

— Je crois qu'il passe plus de temps en France ou à Los Angeles que dans un trou perdu, lui avait répondu Augustin tout en riant.

Elle avait convenu que c'était sans doute vrai. Et après tout, ils s'en fichaient complètement de ce chanteur ringard dont les chansons faisaient un flop depuis des années. Le succès l'avait quitté depuis longtemps et il se contentait de jouer les coachs vocaux dans une émission de télé qu'étrangement Flora aimait regarder. Avait-il seulement les compétences pour conseiller ces jeunes chanteurs en herbe ? Augustin en doutait fortement, mais pas Flora.

Depuis plusieurs mois, le couple rêvait d'Argentine, peu importe si Florent Pagny y vivait ou pas. Ils avaient décidé de s'expatrier quelques mois, quelques années ou toute une vie sans même n'y avoir jamais mis les pieds auparavant. Ce projet semblait complètement utopique et irréaliste, mais il était déjà bien avancé, Augustin consultait régulièrement un site internet pour trouver du travail sur place.

Leurs parents respectifs tentaient de les dissuader, mais leurs mises en garde avaient plutôt tendance à renforcer leur conviction qu'à les faire renoncer à leurs envies. De guerre lasse, ils avaient abandonné l'idée de les décourager, se persuadant qu'ils seraient vite revenus en France. Leur projet n'était pour eux, au mieux, qu'un caprice de jeunes adultes qui se heurterait rapidement à la réalité du pays.

Coûte que coûte, ils avaient poursuivi leur plan. Ils avaient rendu les clés de leur appartement au propriétaire, vendu ou donné quelques meubles, stocké des cartons dans leurs deux familles. Et, depuis le 1er août, ils squattaient chez les parents d'Augustin, ce qui n'était pas pour déplaire à sa mère. Ses parents étaient partis en vacances à la fin du mois d'août et le couple profitait pleinement de la maison et surtout de sa piscine qui les rafraîchissait et les préservait de la canicule.

Leur départ était prévu pour le 6 septembre. Ce n'était pas la période idéale pour visiter l'Argentine où ils arriveraient en fin d'hiver. Il était certain que le choc thermique serait conséquent, la température qui avoisinait les 40 °C aux alentours de Marseille serait divisée par deux ou trois à Buenos Aires.

Cela faisait exactement un an que Flora l'avait quitté. Il se souvenait parfaitement de cette soirée d'été, un peu trop arrosée.

2 septembre, un an auparavant – France

Il faisait chaud, les bières succédaient aux cocktails, déraisonnablement. Augustin avait trop bu, leurs amis aussi. Et Flora ? Elle tenait à peine debout.

Qui avait eu l'idée de ce concours stupide ? Voilà un détail qu'il avait totalement oublié. Était-ce si important d'en connaître l'instigateur ? Peu importe, en vérité, ils avaient tous suivi sans protestation, ils étaient tous responsables. Et dire qu'ils étaient trentenaires ! Ils s'étaient comportés comme les plus ignares des jeunes adolescents.

Chacun à leur tour, ils sautaient dans la piscine depuis la fenêtre du salon. Ils s'élançaient pour ne pas tomber sur le carrelage de la terrasse et atterrir dans le bassin. Le sol était mouillé et c'est un miracle qu'aucun n'ait glissé dans les flaques d'eau qu'ils laissaient à chaque passage. Et puis, sans s'en rendre compte, Augustin a perdu Flora de vue. Il avait à peine eu le temps de s'apercevoir de sa disparition qu'un de ses amis avait pointé le doigt vers la fenêtre du premier étage qui venait de s'ouvrir. Flora se tenait debout sur la margelle, les doigts accrochés aux montants de la fenêtre. Elle riait et son corps oscillait dangereusement, fluctuant au gré de son ivresse. Comme les autres, Augustin a psalmodié cette litanie :

Saute, saute, saute… saute, saute, saute… saute, saute, saute…

Elle les regardait en riant de plus belle, elle lâcha une main, battant la mesure pour les encourager dans leur chant dont le son montait :

Saute, saute, saute… saute, saute, saute… saute, saute, saute…

Flora riait, Augustin lui souriait. À l'unisson de leurs amis, il scandait ce verbe par groupe de trois, de plus en plus vite, de plus en plus fort.

Saute, saute, saute… saute, saute, saute… saute, saute, saute…

Augustin a levé le bras pour lui donner le signal du départ. Tout le monde s'est tu, s'immobilisant, certains tentant d'étouffer un rire qui ne demandait qu'à sortir.

Elle n'a pas sauté. Elle a plongé. Sans élan. Tête la première.

« Un parfait mariage d'automne »

(Maëva FÉRET, péceocienne 2020)

Maëva FÉRET

Je ne suis pas autrice, mais j'aime écrire, autant du fantastique que du réalisme.

Nouvelle de Maëva FÉRET

UN MARIAGE DE RÊVE

Diantre, qu'elle était belle ! Ses longs cheveux blonds, habituellement noués en un chignon strict, étaient détachés et flottaient au vent. Cela la rendait particulièrement jolie cette impression de liberté que sa chevelure brillante lui accordait. Elle avait un sourire jusqu'aux oreilles. Le bonheur emplissait son visage fin, de ses lèvres rosées jusqu'à ses beaux yeux de la couleur de l'océan. Ces mêmes prunelles qui avaient fait chavirer son cœur, il y a longtemps. Après ces cinq années qui ne semblaient aujourd'hui n'être qu'un brin de poussières dans cette infinité, il scellait son destin à cette femme merveilleuse.

Son joli minois, très naturel au quotidien, portait une importante touche de maquillage, mais sans abus : un fard à paupières orangé qui faisait ressortir ses yeux, un trait d'eye-liner très fin et du mascara qui lui donnait un véritable regard de biche. Ses lèvres étaient recouvertes d'un léger rouge à lèvres rose, très *nude*. Et pourtant, on voyait bien qu'elle s'était maquillée. Elle paraissait bien moins froide que lorsqu'elle travaillait, aussi peu chaleureuse alors que les températures de ce mois d'octobre. Mais à ses yeux, elle était toujours aussi belle que le premier jour.

Elle resplendissait dans sa sublime robe qui, pour changer des classiques tenues blanches, était taillée dans un tissu jaune très pâle. Couverte de part et d'autre d'une dentelle légèrement plus orangée, dont les coutures noires embellissaient l'ensemble. Une véritable robe de princesse, comme en rêvent toutes les petites filles !

Le soleil, bien qu'étant à son zénith, n'arrivait pas à réchauffer l'air. Un léger gilet de couleur blanc pur terminait son habit pour couvrir ses fins bras. Mais rien de tout cela ne gâchait le spectacle.

Quant à lui, il était fier dans son costume coupé sur mesure dans la même boutique que la robe. Assortis, c'est le moins que l'on puisse dire ! Tous les deux étaient vêtus dans les tons jaune et orange, ils se fondaient parfaitement dans le décor. Car autour d'eux, les arbres s'étaient parés de cette couleur ocre, inimitable, symbole de ce changement entre la saison chaude et la saison froide. Les feuilles jonchaient légèrement le sol encore vert. Octobre venait seulement de commencer, mais on sentait bien que l'hiver se rapprochait irrémédiablement.

Tous les invités, sur leur trente-et-un, affichaient de grands sourires. Chacun avait mis tout son cœur pour accorder leur tenue au thème automnal. On distinguait des teintes de jaunes, d'orange et même d'un peu de rouge partout. Et malgré toutes ces couleurs, l'ensemble s'harmonisait à la perfection. On assistait presque à un évènement de feuilles mortes... mais la joie et l'euphorie qui régnaient confirmaient qu'ils étaient tous bel et bien vivants.

Après avoir prononcé leurs vœux sous les regards attendris et fiers de tous les convives, les jeunes mariés les invitèrent à prendre part à la fête.

Si tout était resté très solennel durant la cérémonie, maintenant, tout le monde laissait exploser sa joie. Les félicitations allaient bon train et la musique emplissait la salle des fêtes. Elle entraînait les jeunes et les moins jeunes à danser. Une piste de danse avait été aménagée au milieu des tables, où déjà les bambins avaient pris place et se déhanchaient de façon adorable. Vivre le moment présent, s'amuser, tels étaient les mots d'ordre. Et tout le monde l'avait bien compris.

L'ouverture du bal fut la plus belle danse de la soirée. Dans sa robe de princesse, la jeune femme resplendissait et l'homme plongeait ses yeux dans ceux de sa dulcinée. Ils avaient éclipsé tout ce qui les entourait. Ils étaient seuls dans leur petite bulle, à danser comme le cœur leur disait. C'était leur moment, leur mariage, et rien ne pouvait le gâcher. Leurs pas étaient synchrones. Ils se suivaient comme s'ils devinaient le prochain déplacement de leur partenaire. Ils étaient tout simplement complémentaires et cela sautait aux yeux de chaque convive qui les regardait.

Après cet instant de bonheur pur, de magie, la fête prit place. Bien au-delà d'une playlist conçue un peu au hasard, les deux amoureux avaient tout prévu. Bien avant le jour J, ils avaient envoyé un mail très affectueux à chaque couple d'invités, les engageant à envoyer des propositions de musiques qu'ils affectionnaient particulièrement. Une fois toutes ces chansons réunies, ils avaient concocté leur propre liste qui plairait à tout le monde. Car ils estimaient que les convives avaient le droit d'avoir des morceaux qu'ils aimaient à leur mariage. Et, sans grande surprise, tout le monde fut ravi de cette délicate attention.

Certes, les mélodies allaient d'un style à un autre, des musiques de nos grands-parents à celles de maintenant, mais grâce au professionnalisme du DJ, tout s'enchaînait parfaitement. On voyait toutes les générations danser, s'amuser et se mélanger. On passait d'un morceau de R'n'B bien connu, *Rock With You*, à un titre de Metallica, *Nothing Else Matters*. Très doué pour passer d'une musique à une autre, le DJ choisissait la transition et le moment idéal pour que personne ne perde son entrain. Il faisait particulièrement attention à ce que chaque musique ait l'air d'être la suite logique de la chanson précédente. On voyait une petite fille d'à peine 9 ans danser le rock avec son grand-père, une mère se trémousser sur un tube de l'été, avant d'enchaîner sur une ballade qui faisait valser quelques couples. Une ambiance aussi variable que l'était cette magnifique saison d'automne.

Le son s'atténua. Le maître des platines laissa son poste et rejoignit les autres convives pour profiter du repas. La décoration était toujours dans le thème, avec des fleurs qui s'épanouissaient en cette période, des nappes d'une blancheur immaculée sur les tables et de la vaisselle simple de couleur ocre.

Les mariés avaient concocté un repas simple, mais parfaitement adapté à la saison. L'entrée se composait d'œufs mimosas, d'une verrine qui contenait de la macédoine de légumes de saison et pour finir de petits samoussas et nems faits maison. Ainsi, dans l'assiette colorée, on trouvait des carottes, du poireau, de la courgette, mais aussi de la pomme de terre et le légume incontournable : le potiron. Cette mise en bouche était apparemment du goût de tous, car il ne fallut pas annoncer deux fois que le repas était servi pour que tous les invités se précipitent à leur place.

Et au silence qui régna au début, on pouvait clairement en déduire que l'entrée avait séduit les convives. Une fois la dégustation terminée, les bavardages reprirent avec entrain et convivialité. Chacun y allait de son point de vue. Entre les commentaires sur la cérémonie, les nombreux compliments sur le menu à venir et l'impatience des enfants, toutes les discussions arrivaient à la même conclusion : c'était vraiment une journée parfaite et pleine de joie.

Durant l'entracte musical où quelques-uns dansèrent à nouveau, les assiettes furent dressées avec style et douceur. Pour les amateurs de viande, le steak était cuit au goût de chacun. Cela laissait aisément présager du professionnalisme et de l'expérience du cuisinier. Le bon morceau était disposé au centre de l'assiette, entouré d'une farandole de couleurs. Cuits à la vapeur, puis revenus dans un soupçon d'huile d'olive, les carottes, les poivrons et d'autres légumes formaient un joli décor.

Le couple à l'honneur était heureux de voir qu'ils avaient eu raison de se tourner vers un petit artisan du coin. Si on se rendait en cuisine, on découvrait une équipe d'apprentis cuisiniers ravis de pouvoir apprendre les ficelles du métier. Tous soudés, ils se partageaient les tâches là où ils étaient les plus efficients, dans une harmonie parfaite. Et les assiettes partaient rapidement vers les tables, ce qui leur permettait d'aller prendre leur repas assez tôt. Sur le pouce, certes, mais rien ne les pressait. En effet, les jeunes mariés étaient plutôt sympathiques et, pour eux, l'important était que chacun profite, s'amuse, et que le souvenir de cette belle journée reste gravé dans chaque mémoire. N'était-ce pas le but d'une union ? L'amour et le partage, que ce soit entre les principaux intéressés ou avec leurs invités.

Une magnifique pièce montée de choux à la crème compléta le délicieux repas. Les chocolats, formant un cœur sur le dessus, disparurent rapidement. Nos mariés, dans leurs sublimes tenues automnales, firent fondre cette petite douceur avec deux chalumeaux, créant ainsi une coulée chocolatée qui mettait l'eau à la bouche. Les lueurs espiègles dans les yeux des enfants et des adultes prouvaient que le petit spectacle les enchantait. Évidemment, la splendide sculpture culinaire ne fit pas long feu : découpée en morceaux, posée dans chaque assiette et savourée aussitôt.

Pour le bonheur des petits comme des grands, la musique reprit. Enivrante, elle faisait bouger les corps en rythme. Tantôt endiablée, tantôt calme. Les basses et les voix donnaient une cadence effrénée aux danses. Tout le monde profitait. Parmi toutes ces mélodies, toutes ces chansons, un bruit revenait inlassablement. On aurait dit un bip répétitif, mais personne ne semblait l'entendre. Sûrement une illusion, n'est-ce pas ? Et pourtant, ce son agaçant revenait par intermittence et de plus en plus fort.

Le réveil retentissait depuis un moment, il m'arracha au si doux rêve qui me berçait.

★

« Pour Tom et Camille, novembre a fait fort ! »

(Isabelle-Marie D'ANGÈLE, péceocienne 2020)

Isabelle-Marie D'ANGÈLE

Originaire du Pas-de-Calais, j'habite aujourd'hui dans le Sud-Ouest de la France avec mes trois enfants. Incorrigible romantique, je manie ma plume avec humour et sagacité. Je suis une boulimique de lectures et d'écritures et collectionne cahiers et stylos pour noter tout ce que je capte de la vie. Mes personnages sont très bavards et racontent ce qui leur arrive dans des dialogues vifs et soutenus.

Retrouvez-moi dans...

- « M comme Mug » 2020, Roman feelgood

http://leshistoiresdisabelleminibulle.blogspot.com/

Nouvelle de Isabelle-Marie D'ANGÈLE

TOM N'AIME PAS NOVEMBRE

Tom n'aime pas les mois qui finissaient en – bre et celui qu'il déteste le plus est novembre. Il fait froid. Il ne peut plus aller jouer dehors. Les vacances de la Toussaint qui se terminent pendant cette période sont toujours tristes. Et puis... c'est celui où son papa les a quittés tous les deux. Pourquoi a-t-il fallu qu'il prenne la voiture ce matin-là ? Il ne partait jamais si tôt d'habitude. Mais voilà, il voulait faire une surprise à Mamounette. Pourtant, ce n'était pas son anniversaire. Une fois n'est pas coutume, il avait décidé d'aller lui acheter un bouquet de fleurs et des viennoiseries pour le petit déjeuner. Jamais, ça ne lui était arrivé. Maman a dit qu'il avait certainement quelque chose à se faire pardonner, mais Tom n'avait retenu que l'envie de faire plaisir.

Seulement, un autre chauffard a eu la même idée et lui, il devait être encore plus pressé parce qu'il a grillé le stop et a envoyé son père dans les décors. La voiture qui avait déjà quelques années n'a pas résisté au choc. Jérôme n'avait pas sa ceinture. Il disait qu'il n'avait pas besoin de la mettre pour aller aussi près de chez lui. Il est passé à travers le pare-brise et c'était fini. Plus de papa. Plus de câlins avec la barbe qui pique et pas de fleurs ni de croissants. Tom a tout ça en horreur et novembre avec.

C'était il y a un an. À 7 ans, il est devenu un enfant sans père. C'était juste à la fin des vacances. Un samedi. Il y avait encore deux jours avant de repartir en classe, mais à l'école, la maîtresse a dit qu'il pouvait rester à la maison. Il aurait mille fois préféré être avec ses amis, parce que Mamounette pleurait tout le temps et lui, il ne savait pas quoi faire pour la consoler.

⁂

Il marche comme tous les matins, traînant son cartable trop lourd. Il ne veut pas le mettre sur son dos ni en avoir un avec des roulettes. Il souhaite garder celui qu'il avait choisi avec son père. Il commence à être un peu vieux, mais tant pis, si ses copains se moquent de lui, il le conservera tant qu'il pourra. Il passe devant la boulangerie et arrive à l'école. Ses amis l'attendent. Chris, son meilleur pote, l'apostrophe aussitôt.

— Il va y avoir une nouvelle dans la classe, regarde !

— Et alors ?

— T'es pas drôle !

Tom hausse les épaules. La sonnerie retentit et les gamins se placent devant leur salle.

Effectivement, la maîtresse tient par la main une petite fille qui n'en mène pas large. Elle fait signe aux enfants d'entrer.

— Je vous présente Camille Maltais, j'espère que vous lui ferez un bon accueil.

— Hey, elle porte le même nom que Tom, crie Bastien, le plus curieux de la classe, c'est ta sœur ? Ta cousine ?

La maîtresse le fait taire immédiatement.

— Ce n'est pas parce que l'on porte le même patronyme qu'on est de la même famille. Asseyez-vous. Et toi Camille, rejoins le bureau près de Tom.

Même si le petit garçon n'en laisse rien paraître, il est quand même intrigué. Cette Camille qui s'appelle Maltais, ce n'est pas banal. À la récréation, il ose lui demander ce que fait son père. Quelle n'est pas sa surprise quand il apprend qu'il est mort lui aussi dans un accident de voiture et que c'est sa grand-mère qui s'occupe d'elle. Il n'a pas voulu savoir si elle avait encore sa maman.

Quand il rejoint Mamounette le soir, il ne voit pas comment lui poser la question. Heureusement pour lui, Juliette se rend vite compte que Tom n'est pas bavard comme d'habitude. Pendant qu'il prend son goûter, elle l'interroge.

— Tu n'as pas faim ? Je te regarde faire des miettes avec ta tartine depuis cinq minutes. C'était si bon que ça à la cantine ?

Elle sourit.

Tom a le cœur qui bat. Il sent que quelque chose va se passer quand il aura parlé. Pourtant, il se lance.

— Il y a une nouvelle dans la classe et son papa est mort comme le mien.

— Pauvre petite, ça fait longtemps ?

— Je sais pas, j'ai pas demandé. C'est sa grand-mère qui la garde.

Il jette un œil à sa maman qui triture à son tour la tartine. Il s'en doutait, il y a un truc qui cloche.

— Elle porte le même nom que moi.

Cette fois-ci, Juliette se lève brutalement et sa réaction est sans appel.

— Je t'interdis de parler avec cette gamine.

— C'est difficile, elle est assise à côté de moi.

Tom baisse les yeux. Le silence s'installe dans la pièce. Il prend son courage à deux mains et demande d'une toute petite voix.

— Tu voudras qu'elle vienne quand même ici ? Si elle n'a plus de parents, ça ne doit pas être drôle. Déjà que moi sans papa, je suis triste, alors, elle, si elle n'a plus sa maman. Et puis c'est ton travail de t'occuper des enfants en difficulté. Tout le monde dit que tu es comme un saint-bernard et que tu aimerais sauver la terre entière si tu le pouvais.

Juliette se tait, mais elle ébouriffe tendrement les cheveux de son fils. Tom prend ça pour un accord. Il n'en demande pas davantage et part dans sa chambre faire ses devoirs.

⁂

La grand-mère de Camille n'est pas bien du tout. Comment va-t-elle faire pour s'occuper de la petite ? Elle est sa seule famille, enfin presque ! Son père est décédé et sa maman l'a suivi quelques jours après, d'une overdose de somnifères. La vieille dame n'a pas compris pourquoi sa fille avait réagi ainsi et abandonné sa gamine. En fouillant dans les affaires de celle-ci pour fournir des papiers que l'administration lui demandait, elle était tombée par hasard sur une photo. Quelle n'a pas été sa surprise quand elle s'est rendu compte que le garçon avec le papa de Camille habitait le même village qu'elle. Elle le voyait devant sa fenêtre tous les jours en traînant son cartable. Si elle avait su…

Pour le moment, elle doit faire le nécessaire pour que Camille ne soit pas placée en famille d'accueil. Elle saisit le téléphone.

— C'est pour toi, Juliette !

La jeune femme est dans son bureau où elle exerce le métier d'assistante sociale. Sa collègue lui transmet la communication.

Quand elle raccroche, elle est toute pâle. Le passé la rattrape.

— Tu veux un café ? Un thé ? Ohé, ça va ?

Marine, qui est aussi son amie, la regarde avec appréhension.

— Tu es toute blanche ! C'est le coup de téléphone que tu viens d'avoir qui t'a mise dans cet état ? Tu souhaites que je m'occupe de ce dossier ?

Assaillie par ce flot de paroles qui part d'une bonne intention, Juliette reprend peu à peu ses esprits et accepte un thé.

— Une gamine qui a perdu ses parents. Elle est gardée par sa grand-mère, mais celle-ci va être hospitalisée. Elle me demandait conseil.

— Je pouvais la renseigner aussi bien que toi. Vous vous connaissez ?

— Pas du tout !

Pendant que l'eau dans la bouilloire chauffe, Juliette réfléchit. Même si cette gamine est la fille de son mari, la demi-sœur de Tom, elle, elle n'est rien pour cette Camille.

— Allez ! crache le morceau, Juliette.

— J'ai un conseil à te demander.

— Je t'écoute.

— Imagine que les parents d'un enfant soient disparus tous les deux, que la grand-mère ne puisse plus s'en occuper, mais qu'un autre membre puisse le faire…

— Juliette, tu sais parfaitement que si cette gamine a de la famille, il faut faire les démarches.

— Oui, mais, si cette enfant était d'une relation extra-conjugale, la femme du père décédé est obligée de la prendre en charge ?

Marine verse l'eau bouillante dans les mugs avant de répondre.

— Qu'essaies-tu de me dire Jul ? Que ton mari a eu une fille avec quelqu'un d'autre que toi et que c'est la grand-mère qui vient de t'appeler pour que tu t'en occupes ?

Juliette fond en larmes.

— Il m'avait appris ça la veille de son accident. Quand il est parti m'acheter des fleurs et des croissants, je suis certaine que c'était pour se faire pardonner. Il l'a payé bien cher !

— Depuis un an, tu n'as jamais rien dit ? Tu n'as pas cherché à la connaître ?

— Elle avait sa mère !

— La preuve que non.

— Elle s'est suicidée une semaine après... quand elle a découvert une photo dans les affaires de mon mari. Tom et lui.

— Tu veux dire qu'elle n'était pas au courant qu'il était en couple ?

— Il semblerait que non.

— Ton fils a donc une demi-sœur du même âge que lui.

— Ils sont dans la même classe. Elle s'appelle Maltais comme lui. Tu te rends compte que ma rivale a été enceinte en même temps que moi ? Heureusement que nous n'avons pas accouché le même jour, je me demande comment il aurait fait.

Le ton railleur de Juliette ne trompe pas son amie. Elle qui avait toujours cru qu'ils étaient un couple exemplaire. Tu parles !

⁂

Juliette tourne en rond dans sa cuisine. Elle guette le retour de son fils. Quand elle entend le bruit caractéristique du cartable traîné au sol, elle ouvre la porte.

— Tu sais, si tu continues comme ça, il va rendre l'âme et tu seras malheureux.

Tom sourit.

— Camille peut prendre le goûter à la maison ?

Il n'attend pas la réponse et entre dans la cuisine. Il dépose son sac et part se laver les mains.

— Tu es au courant que sa grand-mère n'habite pas loin de chez nous ? Je passe devant tous les jours.

— Oui, elle peut venir ici, bien sûr !

— Je le savais que tu allais être d'accord. Je peux aller la chercher ? Tu crois que pendant les vacances, je pourrai aussi l'inviter ?

— Une chose à la fois, tu veux bien. Je pars avec toi, ça ne te dérange pas ?

— Ben pourquoi ?

— Je souhaite parler à sa mamie, elle m'a appelée au bureau.

Tom ne pose plus de questions et attend que Juliette ferme la porte et le suive pour aller chez son amie.

La grand-mère de Camille est derrière la fenêtre. Elle les voit arriver.

— Ton copain vient te chercher avec sa maman, Camille.

La fillette leur ouvre en souriant.

Quand Juliette l'aperçoit, elle s'arrête. Elle ressemble beaucoup à son mari, au contraire de Tom qui, lui, ressemble à sa maman. Elle se morigène, la gamine n'y est pour rien.

— Entrez donc, j'ai fait quelques crêpes que vous pouvez emporter.

— Il ne fallait pas vous donner du travail.

— C'est pour vous remercier. Les vacances de la Toussaint débutent demain et je vais pouvoir partir tranquille à l'hôpital. Je vais finir le mois d'octobre là-bas, j'en ai bien peur. Je serais revenue pour la rentrée de novembre.

Camille sursaute.

— Mais tu vas où ? Et moi ?

— Justement, je voulais t'en parler ma chérie. Juliette Maltais est assistante sociale. Je lui ai demandé conseil. Comme tu t'es liée d'amitié avec son fils Tom, que vous êtes dans la même classe, que penses-tu de passer les deux semaines de congés chez eux ? Mme Maltais est d'accord. De cette façon, vous pourrez faire vos devoirs ensemble. Tu pourras ainsi rattraper ton retard.

— Tu sais Mamie, ça me fait drôle d'avoir le même nom que Tom. C'est comme si nous étions de sa famille.

— Ce serait chouette, tu ne crois pas ? Mais bon, il ne faut pas rêver ! renchérit Tom.

— Allez ! Emportez vos crêpes, pars devant Tom, nous devons parler toutes les deux. Tiens, prends la clé.

Juliette la tend à son fils.

Les deux gamins ne se le font pas répéter deux fois. Tom saisit également le plat recouvert d'un torchon blanc et, fier comme un coq, repart en sens inverse suivi de Camille.

Restées seules, les deux femmes se regardent. Juliette prend la parole.

— Il y a une chose que j'aimerais savoir. Depuis le décès de mon mari, où était Camille ?

— Chez ses autres grands-parents. Mais ils ont décidé de ne pas la garder.

— Elle était chez mes beaux-parents ?

Juliette est abasourdie.

— Ils sont au courant qu'elle est leur petite-fille ?

— Bien sûr !

— Ils ne m'ont rien dit. Pourquoi ?

— Pour ne pas vous faire de peine. Ils n'ont pas voulu s'occuper de Camille pour qu'elle ne se croise pas avec leur petit-fils Tom.

— Mon Dieu, que de cachotteries.

— Je l'ai appris il y a peu, quand j'ai découvert la photo de Tom avec votre mari.

— Camille était donc chez mes beaux-parents tout ce temps ? Je comprends mieux pourquoi, ils se disaient toujours indisponibles pour recevoir Tom. Il faut avouer pour leur défense que je ne cherchais pas à les rencontrer, parce que je savais que leur fils m'avait trompée, qu'il avait une gamine, et que je ne me voyais pas leur annoncer. De plus, la veille de son accident, nous nous étions disputés à cause de ça. Il venait de me l'apprendre. Il est parti le lendemain matin m'acheter des fleurs pour se faire pardonner… Comme si un bouquet pouvait tout arranger… la preuve !

— Oubliez tout ça, Juliette.

— Je ne peux pas, je vais devoir dire à Tom qu'ils sont frère et sœur, enfin demi.

— Vous avez le temps !

— Il me pose des questions sur le même nom qu'ils portent. Votre petite-fille n'est pas curieuse ?

— Vous savez, les enfants ont parfois des antennes. Il faut leur faire confiance. Ils comprennent beaucoup de choses sans qu'on leur explique.

Juliette regarde la vieille dame. Elle s'en veut de lui occasionner des soucis supplémentaires alors qu'elle doit subir différents examens.

— Je vous laisserai la clé sous la jardinière à la margelle du puits. Vous pourrez entrer récupérer la valise de Camille. Et s'il vous manque quelque chose, n'hésitez pas à vous servir. L'ambulance vient me chercher demain matin après le départ de Camille à l'école.

— J'irai vous voir et prendre de vos nouvelles régulièrement.

— J'y compte bien. Ne vous faites pas de soucis. Tout va bien se passer.

La mamie de Camille se lève doucement et serre Juliette dans ses bras.

Les enfants sont attablés dans la cuisine. Tom a sorti de la confiture et ils se régalent. Juliette les laisse à leurs bavardages.

⁂

C'est très tôt le lendemain matin que Juliette est réveillée par des cris et des coups frappés à la porte. Elle descend en hâte ouvrir. Elle découvre Camille en larmes, en pyjama devant chez elle.

— Ma… mamie… elle…

Juliette comprend aussitôt. Elle prend la fillette dans ses bras, l'emmitoufle dans une couverture et dit à Tom de s'occuper d'elle le temps qu'elle coure chez la vieille dame.

Elle est partie dans son sommeil. Plus besoin d'examens, d'ambulance, la grand-mère de Camille s'est endormie pour un long voyage dont elle ne reviendra pas. Elle a le sourire aux lèvres et semble apaisée.

Juliette trouve sur la table de chevet le livret de famille de Camille attestant bien qu'elle est la fille de Jérôme Maltais, son mari. Elle a été déclarée, deux jours après la naissance de Tom. Elle met le document dans sa poche et appelle le médecin pour qu'il constate le décès. Un autre papier est plié. Elle l'ouvre et découvre que tout est réglé concernant son inhumation. Un numéro de téléphone est inscrit pour joindre les pompes funèbres. Juliette se demande si la vieille dame n'a pas prémédité son départ vers l'au-delà. Tout est tellement bien en ordre.

Putain de mois de novembre qui se profile ! Tom le sait bien que ce mois est maudit ! Il regarde Camille qui n'arrête pas de pleurer devant le cercueil de sa grand-mère. Il lui tient la main, la serre très fort, mais de gros sanglots secouent la fillette. Ah ! elles commencent bien les vacances !

Le cimetière est très fleuri à quelques jours de la Toussaint. Tom a horreur de cet endroit. Évidemment, sa maman les entraîne sur la tombe de Jérôme.

Camille s'exclame alors devant la photo dans le cadre en marbre.

— Mais c'est mon papa !

— Tu dis n'importe quoi, c'est le mien ! rétorque Tom.

Juliette regarde le ciel. Un nuage dégage le soleil, pas très chaud, un peu timide. Il lui semble entendre la voix de la mamie de Camille *N'ayez pas peur, les enfants comprennent vite.*

Juliette baisse les yeux vers son fils.

— Si on a le même papa, alors tu es ma sœur !

— Ah ben ça alors !

Camille sourit à travers ses larmes.

Les explications viendront plus tard, il sera bien temps. Juliette prend son Tom et Camille par la main, chacun d'un côté. Le petit garçon murmure pour lui-même.

— Finalement, novembre n'est pas si nul que ça ! Une sœur, alors là, il a fait fort !

…

« Directeur dans le social, sociologue,
il décrit l'individu égaré... »

(David LERENARD, péceocien 2020)

David LERENARD

Une vie de travail et une vie de nomade, environ trente emplois et autant de lieux d'habitation dans toute la France, des rencontres multiples et intenses. Sociologue, Directeur d'action sociale auprès de demandeurs d'asile, de jeunes en rupture sociale, de personnes handicapées et de différents services d'aide à la personne, l'auteur n'a cessé de fouiller les aventures humaines dans un seul souci, nourrir la confiance en soi de chaque âme en errance. Finalement heureux de se définir en clown aux bulles de savon, il cultive les lumières fugitives. Ses bulles en théâtre, en nouvelles et en romans sont des souvenirs caressants et libérateurs.

Retrouvez-moi dans...

• « *Les gens d'âme, gardiens de la paix intérieure*, 2019, Nouvelles et théâtre

• *« Un parent par an »*, 2019, Roman

• *« L'asociale, Lettres ouvertes d'une enfant protégée »*, 2020, Récit

https://www.david-lerenard.fr/ - Sur Facebook : David Lerenard

Nouvelle de David LERENARD

UNE URNE POUR DÉCEMBRE

Louisette n'est plus toute jeune, elle le sait. Elle approche des quatre-vingts ans. Ce sera cette année, ou la prochaine, elle ne sait plus précisément. Elle est certaine d'une chose, nous sommes le jeudi 8 novembre.

— Novembre ça va, c'est pas encore décembre, j'aime pas décembre, j'aime plus les fêtes.

Elle regarde le calendrier avec la magnifique photo de chat roux :

— On dirait mon Félix, sauf que Félix était gris.

Elle décide de penser à autre chose, elle pense au marché. Le jeudi, c'est jour de marché. Avant, quand Émile était encore de ce monde, elle n'avait pas besoin d'aller au marché pour acheter des légumes. Émile était le roi du jardinage et la maison était emplie de conserves, de légumes et de fruits de toutes sortes.

Parfois, ils allaient au marché tous les deux, ils n'achetaient rien, mais ils regardaient les prix. Ils s'arrêtaient boire un coup au Café du Centre. Lui, toujours un coup de rouge, et elle, un panaché en été, et un chocolat en hiver. Ils calculaient l'argent qu'ils avaient économisé par leurs récoltes. Ils se sentaient riches. Émile était fier de son travail, et Louisette était fière de son Émile.

Elle sourit, tristement, alors elle se reprend et rouspète :

— Novembre est trop proche de décembre, ce dernier devrait être supprimé, il me donne le cafard.

Elle saisit son panier, une petite laine et son porte-monnaie. Elle arrive sur la place du marché, et il n'y a rien, personne, pas un stand.

La vieille Bertille qui passe par là se moque d'elle :

— C'était hier, ma pauv' Louisette, tu perds la tête.

— Ah, ils ont changé.

Elle ne dit pas plus, elle est déçue, vexée. Elle décide d'aller à la boulangerie, mais Jacqueline la boulangère doit lui faire crédit, Louisette a oublié son porte-monnaie.

Elle se dépêche de rentrer à la maison, il faut tout de même préparer le pot-au-feu pour Émile, il adore ça. Elle se dit qu'elle a bien fait d'aller au marché hier, le pot-au-feu aura bien eu le temps de mijoter.

Arrivée à la maison, elle appelle Émile, mais seul un vieux chat roux répond par un miaulement-grondement. Dans la cuisine, les légumes n'attendent plus rien, ils sont pourris. Cela fait longtemps qu'ils ont été abandonnés sur l'évier.

Louisette s'assoit dans son fauteuil. En guise de repas, elle mange la baguette qu'elle a achetée à Jacqueline. Elle trouve qu'il se fait tard, alors elle accepte de s'endormir sur son fauteuil.

Quand elle se réveille, il fait nuit noire. Elle éclaire le salon, et celui-ci reflète la solitude et le désordre. Elle se redresse, elle sait qu'elle ne peut rien faire contre la solitude, mais elle se fâche contre elle-même, se traite de souillon, de bonne à rien.

Elle nettoie, elle jette plus qu'elle ne range. C'est une rage qui anime Louisette, dans la nuit, la vie est cruelle.

Quand les premières lueurs du jour entrent, la maison est enfin propre, très vide, et Louisette épuisée.

Elle se rendort.

Son réveil suivant est en pleine journée, elle a faim.

Elle sait très bien qu'elle a jeté tous les aliments périssables, il faut donc qu'elle aille faire des courses. Elle regarde le calendrier, c'est une photo d'un chat roux, elle déteste les chats.

— Novembre, ça va, ce n'est pas encore décembre.

Elle regarde la date : dimanche 8 novembre.

Elle réfléchit :

— Dimanche, les magasins sont fermés, j'irai manger au Café du Centre, et après, j'irai voir Émile.

Elle enfile avec attention ses habits de deuil, elle prépare son sac à main avec le portefeuille où elle entasse les billets.

D'un pas ferme, elle se rend sur la place du village et entre au « Café-restaurant du Centre », et rit discrètement. Elle vient d'entendre la voix d'Émile qui disait à chaque fois :

— C'est tout de même bien tombé que le Café du Centre soit au centre du village, sinon, t'imagine le bordel, ma petite Louisette.

Du rire caché, elle passe à la larme cachée.

Le serveur est un gamin qui ne connaît pas Louisette, et quand elle annonce que c'est pour manger, et comme d'habitude, le jeune-homme essaie d'expliquer que le service en semaine se fait à partir de dix-neuf heures, pas seize heures.

Il va voir le patron, qui arrive avec son grand sourire jovial. Il explique au gamin que c'est Louisette, et ici, Louisette, c'est une reine, elle a tous les droits.

Il s'assoit un instant avec elle, elle lui dit qu'Émile est parti pour la semaine chez son frère, et qu'elle n'a pas envie de cuisiner. Il dit au serveur de préparer un panaché, il fait tellement chaud.... Et pour le repas une salade de tomates, un onglet aux échalotes, à point, et en dessert une mousse au chocolat.

Il prend soin de la vieille dame, il ne la contredit pas, il a tellement de souvenirs avec elle.

Elle mange avec un sourire qui déborde de ses yeux vifs, elle parle avec tout le monde, et tout le monde la connaît, elle, elle ne reconnaît plus personne.

Après le dessert, le patron revient, lui demande si tout va bien, et gentiment lui efface les traces de chocolat tout au bord de la bouche.

Louisette veut payer, mais le patron refuse. Elle ne se laisse pas faire et pose cinquante francs sur la table. Le portefeuille est gonflé de vieux billets.

Le patron l'accompagne dehors. On dirait qu'il attend quelque chose, mais elle le salue, et s'en va.

Le cimetière est loin, mais elle ne se perd pas. Sans aucune hésitation elle se retrouve devant la tombe de ses parents.

Elle se signe, enlève quelques mauvaises herbes, et entame une discussion.

Elle parle de son mari qui est parti pour un mois chez son frère, c'est la saison de moissons. Il ne fait vraiment pas froid pour un mois de novembre.

Elle aurait aimé avoir un enfant.

Elle demande des nouvelles de son frère Robert. Elle se plaint que cela fait longtemps qu'elle ne l'a pas vu.

Elle parle de son repas, de la voisine Sophie qui est morte.

— À propos, j'ai discuté avec Émile, je suis désolée, je ne pourrai pas faire comme Robert. Il faudra que je me fasse enterrer avec Émile, c'est normal, mais je vous aime. Je vous aime.

Elle est heureuse de ce moment passé avec ses parents. Elle décide de rentrer en passant par le canal. C'est plus long, mais tellement agréable dans ces après-midi ensoleillés de novembre d'été.

Elle flâne, elle épie le vent, les fleurs, et les papillons. Elle a huit ans, elle se demande comment elle sera quand elle sera grande. Va-t-elle trouver un mari ? Sera-t-elle assez belle ?

Elle rouspète sur Robert, ce grand frère si méchant, qui se moque d'elle, qui la traite de laideron, et empêche tous les garçons de s'approcher d'elle.

— De toute façon, il faut qu'il fasse toujours le fier, qu'il fasse le chef. Pas étonnant qu'il ait eu tant d'ennemis, surtout quand il s'est lancé en politique. Ils avaient beau être tous là à son enterrement, à faire les bons copains, moi, je sais que certains étaient bien contents qu'il parte.

Elle prend un mouchoir bien repassé de son sac, et s'essuie les yeux. Elle ouvre un petit portefeuille, et visite son musée : papa, maman, Robert, Émile, et un enfant qu'elle ne reconnaît pas.

Le soleil salue la journée, et Louisette arrive dans un village, un autre village. Elle s'est trompée de direction.

Un vieux monsieur s'approche d'elle. Il se présente :

— C’est moi, Julien, le copain d’Émile, tu as l’air perdu Louisette.

Ça ne lui dit rien, mais ça lui arrive souvent. Elle a du mal à reconnaître les gens, ils vieillissent trop.

Elle lui parle d’Émile, il lui raconte les bêtises qu’ils ont faites ensemble… Les épouvantails avec la photo du maître, le Parisien qu’ils ont barricadé chez sa tante pour qu’il ne vienne pas au bal séduire « nos filles », les boules puantes à la réunion des « autres » pendant les élections…

Ils rient tous les deux. Ils boivent un coup de rouge, puis deux. Ils tapent dans le pâté, et le gros pain.

Elle ne sait toujours pas qui est ce « Julien », mais elle aime ses histoires.

Il a une grande maison, très vide et bien tenue. Il a une dame qui vient faire le ménage, et une autre qui lui livre les repas.

Il s’ennuie depuis qu’il est veuf.

Il se fait tard. Il propose de ramener Louisette. Il roule encore avec sa vieille voiture, même si le maire lui a demandé d’éviter de conduire.

L'idée plaît bien à Louisette, bien qu'un instant, elle rêve d'être plus jeune et de « faire son affaire » à ce Julien.

Le retour est une aventure. Julien racle la boîte de vitesse, et les murs. Ils arrivent sains et saufs. Les trois kilomètres étaient une odyssée qui laisse des souvenirs sur la carrosserie.

Elle remercie son ami d'un soir, et retrouve sa maison. Un chat noir l'attend en demandant des caresses. Elle glisse sa main dans le pelage, et lui raconte sa soirée avec Émile. Elle aimerait bien l'épouser.

La maison est rangée, propre. Elle se sert d'un yaourt dans le réfrigérateur, qui est plein de victuailles. Elle s'étonne un instant, elle ne se souvient plus d'avoir fait les courses. Avec l'âge, il y a des choses que l'on fait mécaniquement.

Un peu saoule, un peu ivre d'émotions, un peu fatiguée, Louisette s'endort.

C'est un chat gris, visiblement affamé, qui la réveille. Ça l'amuse, et elle nourrit une tripotée de chats, de toutes les couleurs, et sans doute de tout le village. Elle est de très bonne humeur. Toute la nuit, elle s'est fait séduire par Émile, et comme elle est taquine, elle l'a fait « tourner en bourrique ».

Elle regarde le calendrier, celui avec le chien tout blanc, nous sommes mardi 8 novembre : – Surtout, ne pensons pas au mois prochain, je déteste les fêtes.

Mardi, c'est jour de lecture pour les vieux de la maison de retraite. Elle se fait toute belle, se parfume, et se dirige vers la maison « des vieux ». À l'accueil, une secrétaire lui demande ce qu'elle veut. La question agace Louisette qui répond sèchement :

— Je viens comme à chaque fois faire la lecture aux personnes âgées !

La secrétaire demande à Louisette de s'installer dans un fauteuil de la salle d'attente, la directrice va arriver.

Elle s'exécute, mais un peu mécontente de perdre du temps. « Ses vieux » doivent attendre. Une dame très élégante d'une cinquantaine d'années arrive. Elle salue Louisette, il est évident qu'elle la connaît, mais la réciproque n'est pas vraie. La dame doit se présenter, elle est la nouvelle directrice, depuis vingt ans, environ.

Et cela fait au moins quinze ans que Louisette a cessé les ateliers lectures, elle ne parvenait plus à lire. Louisette n'est pas d'accord, et la directrice reprend calmement :

— Vous savez Louisette, vous seriez mieux chez nous comme pensionnaire.

— Je ne suis pas assez âgée !

— Mais si, nous en avons déjà parlé, vous seriez bien ici, vous en avez parlé à votre fils ?

— Je n'ai pas de fils !

Louisette décide de partir, très contrariée.

Sans l'ombre d'une hésitation, elle se plante devant la tombe d'Émile. Elle lui dit toute sa colère contre cette gamine qui veut la faire entrer en maison de vieux. Elle lui rappelle qu'elle s'en sort très bien, que la maison va bien, qu'elle gère le budget, qu'il peut être fier d'elle.

— Tu me manques, Émile, je vois bien que rien n'est plus comme avant. Je ne comprends pas toujours ce qu'ils me disent. De moins en moins d'ailleurs. J'ai vu un de tes copains, Jacques, je ne sais plus, quelque chose comme ça. Il m'a raconté quand vous avez fait des épouvantails avec la tête du maître. Vous étiez des chenapans. T'as toujours eu un côté voyou. J'ai toujours aimé ça en toi. On rigolait bien tous les deux. Je crois que l'on ne s'est jamais disputé. En tout cas, je ne m'en rappelle pas.

T'es parti trop tôt. Je n'ai rien compris, t'étais assis dans la cuisine, tu buvais ton canon, j'ai été au jardin, chercher une salade, une jolie frisée. Quand je suis revenue, t'étais écroulé sur la table. C'était un 8 novembre. Moi, je ne peux plus vivre depuis.

Si tu voyais ton jardin, tu serais malheureux. Il n'y a personne pour s'en occuper. J'essaie, mais je ne sais pas comme toi.

J'ai hâte de venir te rejoindre.

Elle sent une main sur son épaule. C'est le patron du Café du Centre :

— Il te manque.

Tu veux que je te ramène ? Tu sais, la directrice de la maison de retraite était tout inquiète. Elle dit que ce serait plus prudent que tu y sois hébergée. Hier encore, tu n'avais plus rien à manger, et tu avais fait un tas de déchets au milieu du salon.

Viens, je te ramène.

— Oui, je veux bien, je suis fatiguée. Mais avant, on va voir la tombe de mes parents.

— Mais, maman, ils sont enterrés en Bretagne, à cinq cents kilomètres d'ici.

Remerciements

La publication s'étant faite en deux temps, Myriam SUPPLICY remercie :

• Andrea B. CECIL et Marc VIDON, pour l'énergie fournie pour lancer un tel projet et leur engagement auprès de l'Association PLURIEL.

• Un grand merci aux 12 auteur•rice•s qui ont joué le jeu et partagé leurs mots pour vous offrir un recueil accrocheur et coloré.

• Et un remerciement particulier pour celles et ceux qui ont donné plus qu'un texte, qui se sont investi•e•s au-delà de leur rôle d'écrivain pour mener à bien cette entreprise un peu folle.

Ayant finalement pris le relais pour parachever, Andrea remercie à son tour Myriam (et l'équipe) pour tout le travail réalisé sur le recueil avant de passer la main pour raison personnelle ; ainsi que tous les petits et gros coups de main (virtuels mais bienvenus) en coulisse des personnes qui ont permis la publication finale.

Table des matières

Un GRAND merci aux personnes qui ont,
à différents moments, supervisé les corrections.

Composition et mise en pages par Andrea B. CECIL

Photo de la couverture par Didier BETMALLE.

Printed in Poland
by Amazon Fulfillment
Poland Sp. z o.o., Wrocław

67409101R00134